陰差陽錯

衛斯理著

自序

這個故事，和「從陰間來」、「到陰間去」有很密切的關係——是圍繞「陰間」這個題材而訂的寫作計劃。在衞斯理故事之中，靈魂曾是被經常使用的題材。但並沒有計劃去地探討「陰間」這個現象，這一連串故事，可補這方面的不足。

在書名「陰差陽錯」上，弄了一些小花樣，算是文字遊戲，這是我一貫作風，目的是好玩，以往已有許多先例。

「差」字有幾個不同的讀音，也有幾種不同的用法，在這裡，並非普通的「差錯」、「差別」之「差」。而是「差使」、「信差」之「差」——是不是很有趣。

故事中出現的一些人物，還會有一些故事在他們的身上發生，請保持留意。

倪匡

一九九一年十二月十七日

香港，好個艷陽天

目錄

一、盛極一時的古酒大會

人是羣居性的生物，所以就有了人類社會，方便人類進行羣體活動。只有極少數的非常人，才能離開羣體社會而獨自生活，這種人，通常被稱為隱士。人類歷史上，隱士少之又少，自然，也有不少故事發生在隱士的身上，但憑猜度，也可以想像，發生在個別隱士身上的故事，必然不如發生在羣體社會中的故事那樣精采紛呈——單是人和人之間的關係，也已經夠曲折離奇，複雜無比了。

所以，故事的記述者，都記述羣體社會中所發生的一些事。

人類社會是一個大組織，在這個大組織之內，還有無數小組織，花樣繁多，沒有人可以盡述。有的簡直匪夷所思——有一個協會，是由一批喜歡用力在頭皮搔癢的人士組成的。這個協會的會員，為了達到頭皮發癢之目的，都拒絕洗頭。

所以，相形之下，「愛酒人協會」就很大路，不屬於古靈精怪一類。不過，它的會章也有特別聲明：本協會定名為「愛酒人協會」，並非「品酒人協會」。所以它的口號是：不論好酒壞酒，陳酒新酒，本會會員咸認為，最好的儲存所在，就是人的身體之內！

語句看來很文雅，但含意倒是簡單明瞭：酒，是要來喝的，不論是甚麼酒，都應該喝下肚去，在身體之內，循血液而流！

愛酒人協會的會員不多，在全世界各地，大約三百餘人。可是它入會的資格極嚴，不是已在人類大社會中已闖出了一定名堂，休想入會，所以這個會也成了一些人追求的身分象徵。每年一度的聚會，也成了世界性的盛會。

會章規定，由五大洲的會員輪流主辦盛會，聚會必要條件是：必須有大多數與會者未曾喝過的酒供應，在事先，要向各會員詳細介紹這種酒的來歷，由會員決定參加與否——自然，這一年的參加者是多是少，也就決定了主辦者的榮譽與否。

去年，由南美洲主辦，以巴西大豪富里加度為首的一批南美人士，提出供應的酒，據稱是來自早已在世界上消失了的瑪亞人金字塔底部深藏着的古釀，酒味如何，不必品評，這來歷就夠神秘的了。

參加者超過一百人，南美洲的豪富，都感到大有面子。

今年，輪到亞洲作主辦人，亞洲組的召集人，是大豪富陶啟泉。

各位看到這裡，一定恍然大悟，何以一個衞斯理故事竟然會有看來毫不相干的開頭了！

是的，在衞斯理的經歷之中，陶啟泉這個大豪富，出場不多，可是卻有不少古怪的故事，是由他開始的。

衞斯理不是「愛酒人協會」的會員，他甚至不知道有這樣的一個協會——他熟知的種種協會之中，最突出的自然是「非人協會」，連衞斯理也沒有資格當會員。

那天，是為了甚麼事，衞斯理在陶啟泉的書房中閒談，已經並不重要。

談話之間，陶啟泉忽然提起：「再過十個月，我要主持一次聚會，很為它傷腦筋，不知道你是不是可以幫我一下！」

衞斯理呆了一下，把陶啟泉的話又想了一遍，才笑着道：「有甚麼聚會可以難倒你的？有錢可使鬼推磨，我能幫得上甚麼忙。」

陶啟泉有點不快：「富有並不是罪惡，你不用一有機會就諷刺我，而且，再富有，還是有些事做不到的！」

衞斯理搖手：「好了，不討論這些，你說說，令你傷腦筋的是甚麼樣的聚會。」

於是，陶啟泉就說了每年一度，愛酒人協會聚會的事。衞斯理笑：「世上無聊的人真多——我不知道你是一個愛酒人！」

陶啟泉皺眉：「這樣的聚會，已經成為一些人一年一度見面交際應酬之處，許多大事，都是在這種聚會之中商量議定的。」

衞斯理站了起來：「愛酒，愛酒，多少罪惡借汝之名而行！」

陶啟泉「呵呵」笑了起來——像這樣的委托，衞斯理自然不會放在心上，一轉頭就忘記了，也根本不能成為一個故事的開始。

可是，陳長青也是「愛酒人協會」的會員，這就大不相同了。倒不是因為陳長青這個人風風火火，有化小事為大事的本事，而是他行事很是認真，任何事，到了他的手上，若是沒有一個了斷，他可以十年八年，鍥而不捨地追查下去，不會氣餒。

陳長青是會員，陶啟泉不知甚麼時候，向他說了一句「已經請衞斯理幫忙了」，所以他三天兩頭，函電交馳，甚至於親身上門：「為時無多了，你有甚麼奇謀妙計？」

在婉拒了幾次無效，堅拒了幾次也無效之後，衞斯理不勝其煩：「有了，去年南美洲主辦人不是用瑪亞人的古酒嗎？那有甚麼了不起，你可以用中國的古酒——自儀狄造酒起，到如今已有超過四千年的歷史！法國人動不動把拿破崙時期的酒當寶貝，和中國一比，相差太遠了！」

陳長青聽得連連點頭，頻頻眨眼，他這個人一點也不笨：「好主意，可是上哪兒去找千年以上的中國古酒？」

衞斯理伸手向前一指：「你去找一個人，找到了他，必然有着落！」

陳長青連忙作了一個手勢，阻止衞斯理再說下去：「待我猜上一猜！」

於是他背負雙手，來回踱步，眉頭緊鎖，口中唸唸有辭，狀如中邪，實乃沉思。過了一會，他站定身子，卻又背對着衞斯理，神情大是得意：「我想到了，待我們把此人之名，寫在手心，同時展示！」

陳長青很醉心在行為上仿傚古人，剛才他的提議，古人就常做，最著名的一次，自然是諸葛亮和周瑜，商量怎麼對付曹操，結果各在手心之中寫了一個「火」字的那一次了。

衞斯理微笑應諾，十秒鐘之後，兩人各自伸出手，攤開手來，兩個人的手心上都是兩個字，兩個字相同：齊白。

陳長青大是高興，哈哈大笑：「英雄所見略同：此人一出，何憂大事不成！」

齊白這個人，在衞斯理故事之中，出現的次數也不少。他是盜墓專家，專門出入古墓，越古越好，要找古代的東西，他自然是最佳人選了。陳長青第一個就想到了齊白，可知他是有點腦筋的。

然而，陳長青高興了不到半分鐘，又飛快眨起眼睛來：「這個人，不知道鑽在哪一個角落的古墓之中，怎麼能把他找出來？」

衞斯理自然不會再把找人的責任拉到自己身上來，所以，他拍着陳長青的肩頭：「你那麼有辦法，不論他鑽在甚麼墳墓裡，你總有辦法把他找出來的！」

曾有人說，要給甚麼人添麻煩，最好先給高帽子他戴，令得他真以為自己能幹，自然硬着頭皮幹下去了！

陳長青挺了挺胸，當仁不讓：「說得是，上天入地，把他找出來。」

陳長青走了之後，白素走進書房：「不該戲弄他，要找齊白，比找甚麼人都難！」

衛斯理笑：「反正他是無事忙，弄點事給他做做，有益身心。」

當日，衛斯理提出經由盜墓專家齊白，去尋找中國古代的酒，多少有點開玩笑的成份在內，也志在把陳長青支開去。

在接下來的日子中，又發生了許多事，衛斯理並不知道陳長青真的在全世界範圍之內，用盡一切可能找尋齊白。而且，居然在三個月之後，給他找到了齊白——在中國西北高原的一個窮鄉僻壤走出來，齊白先和陳長青會面，然後一起找衛斯理。

衛斯理見了兩人，呆了片刻。齊白眉飛色舞，興高采烈，把衛斯理的玩笑，認真處理，他道：「曾聽說過，大畫家張大千在敦煌石窟之中，臨摹壁畫，曾發現過一隻罈子，打開之後，是許多乾菓，他吃了些，菓香猶存。可知在古墓之中有酒，很有可能，古人用酒殉葬，也應該是很普通的事！」

衛斯理問：「你以前可曾發現過？」

齊白用力揮手：「早兩年，進入一個漢墓，曾發現一對大罈子，足有一人高，兩人合抱，形制和酒罈相類，上面還壓着長條形的大石條，由於太巨大了，所以並沒打算動它們！」

陳長青狂喜：「要是罈中有酒，那可在全世界人前露臉了！唉，你怎麼當時不弄開來看看？」

齊白盜墓成了精，十分自負。他常說：「我盜墓和普通人大不相同，普通的盜墓賊，總是千方百計把物件從古墓中弄出來，換取金錢。我不是，我目的是在發現古墓，進入古墓，至於古墓中的東西，高興就帶點出來，不高興，就讓它們留在古墓中，反正我隨時可以進去欣賞，就像是我的私人收藏室一樣！」

有人不服氣：「你的『私人收藏室』若是被別人發現了，你的『收藏品』也就不見了！」

齊白狂笑：「要是我的『私人收藏室』會被旁人發現、進入，那還有甚麼價值？我早已不屑一顧，棄如敗縷！」

齊白在說這番狂言時，衛斯理在場，目睹那個不服者被齊白的狂態氣得雙眼翻白。

人必須有高度自信心——在他人的眼中看來，不免就是狂傲，但衛斯理倒很欣賞齊白，因為他知道齊白確有真材實料，不是空殼子來狂傲的，和世上多的是的那種狂徒，大不相同。

齊白當時對陳長青道：「那是西漢初年的一所古墓，超過兩千年了。」

陳長青有點犯愁：「那兩隻罈子，本身已是罕見的古物，如何運得出來？」

齊白一拍心口：「放心，只要有錢，整座博物院都能運出來——你以為世界古物市場上堆積如山，那麼多的古物，是哪裏來的？」

陳長青大是高興，一面摸着齊白的手背，一面大笑，看齊白的神情，像是給陳長青摸得很不自在，但是齊白幾次縮手，都沒能逃得過去。後來陳長青解釋，這也是古人常有的行為，叫着「撫掌大笑」云云。

當下，陳長青道：「我和你一起去！」

齊白點頭：「好，雖然你和我都不是拿不出，但是一應費用，還是要出在陶啟泉的身上。」

陳長青同意：「言之有理！」

齊白靠盜墓所積聚的財富，數字極其驚人，使他可以儕身世界豪富的行列。陳長青則有十分神秘的上一代，遺產極多。但當然，和陶啟泉相比，還是不如，這就叫作一山還有一山高！

陶啟泉當然一口應承，而且還在人事關係上出了力，所以兩隻大罈，順順當當運了出來，消息轟動全世界。齊白主持其事，為了增加懸疑性，他先不把罈子的泥封打開。在罈子的泥封上，有着五六顆印泥，那是真正的西漢封泥！有極高的藝術價值。

發給「愛酒人協會」會員的信中則稱：「經考證，可以確定，超過兩千年的大罈，是儲酒之用，但其內是否美酒尚存，不得而知。待各位齊聚之日，當眾開罈，各自痛飲，豈不快哉！」

信發出之後，寄了回條來，肯定會參加聚會的會員，超過三百人，是歷年來參加人數最多的一屆，陶啟泉自然面子十足了。

有好事的記者，攜帶了小型X光機，來檢查這兩隻大罈，發現罈中，約有一半液體，估計如果那是酒的話，也超過一千公升，足夠與會者謀數日之醉的了！

衞斯理不是「愛酒人協會」的會員，可是主意是他出的，他也就參加了第一日聚會的「開罈大典」——陶啟泉一拍開封泥，面積超過五百平方公尺的酒店大堂之中，立時酒香四溢，中人欲醉。

愛酒之人，未必有好酒量，當時就有不少人面紅目赤，薰然欲醉。

那酒香之濃，簡直如同實質一樣，把人全都裹在繚繞的濃香之中，一時之間，所有人都目定口呆，忘了叫好，是衞斯理首先發出了一下呼叫：「好酒！」

接着，自然是各種各樣的讚美詞，有幾個貪心的人，來到酒罈口，深深地吸了幾口氣，竟立時搖搖搖搖，站立不穩。有一個美婦人，不知是真是假，竟致於嬌軀不勝，就要跌倒。幸而身邊有一英偉紳士，美婦人的嬌軀，才算是跌進了紳士的懷中。

一時之間，紛亂的情形，真是難以形容。單是那麼多人，爭先恐後想擠進來，也是夠混亂的了。直到衞斯理大喝一聲：「別亂，有的是酒，人人有份！」那才算是靜了下來。

陳長青已經取了量酒的器具在手——由於飲的是古酒，那量酒的器具，自然也是古器，比酒更古，竟是一隻「秦斗」，在秦代製造的一隻青銅酒杓。

而各種各樣的酒杯，也早已每三十個一組，放在可以推動的酒車上，由十位美女推動。那三百多隻酒杯，全是古董，投保險的金額，是一千萬英鎊。那全是陳長青那間大屋中的收藏品。

先記一件後來發生的事，陳長青對齊白說：「我房子裡很有一些古物。我不是很懂，請你來指點一下！」

齊白眼高於頂，當時「哼」地一聲冷笑：「真要能稱上『很有一些古物』，我才會去看。」

對這一點，陳長青倒很有信心，死活把齊白拽了去。齊白在看完之後，對衞斯理嘆：「真是天下之大，無奇不有，陳長青的大宅之中，古物豈止很多，簡直是極多，你可知道單是各種材料的『如意』有多少柄？」

衞斯理搖頭，齊白提高了聲音：「竟超過了三千柄——他的上代，簡直是搜集狂！」

連齊白也讚嘆，可知收藏之豐富。這時那三百幾隻酒杯，也全是精品。從青銅酒爵算起，甚麼犀角杯，象牙杯，各式水晶杯、翠玉杯、白玉杯、琉璃杯、金杯、銀杯、竹杯、木杯、陶杯、瓷杯……大大小小，形形色色，也看得人眼花撩亂了。

陶啟泉把酒杓伸進罈中，略一攪動，酒香更是如同火山岩漿一樣，撲撲地自酒罈之中噴將出來。

及至第一杓酒一打出來，各人凝神觀看，那酒透明晶瑩，竟像是潔淨無比，會活動的冰塊一般！

那酒在杓中閃起一片流轉的晶光，把各人都看得呆了。待至陶啟泉將酒注入杯中時，那酒蕩漾在杓中戀戀不去，玉液瓊漿，竟如有生命一般。

這時，陳長青放聲長吟，吟的是李太白的《將進酒》，中國的文學作品之中，以酒為題材的，浩翰如海，但自然以這首為代表。

各種語言的翻譯，是早已請好了的，陳長青每吟一句，就有英文、法文、日文、俄文，西班牙文乃至拉丁文的翻譯。

陳長青的做法很聰明，他不是全詩都吟，而是揀其中的佳句，可以通過翻譯使人了解的，像「人生得意須盡歡，莫使金樽空對月」，像「會須一飲三百杯」，像「古來聖賢皆寂寞，唯有飲者留其名」……

這些詩句，一經傳譯，來自世界各地的人，對中國傳統文化之優美和博大精深，對詩句中人酒合一的浪漫情懷，更是佩服得五體投地，如痴如醉。

等到欣賞詩句完畢，三百多隻杯子之中，也各已注滿了酒，美女推着酒車，與會者根據自己的酒量，或取小杯，或取大杯，一齊舉杯，然後輕嚐淺酌。那酒一入口，軟滑香醇，清洌如泉，竟不需下嚥，自然流向喉際，一股酒意，直透丹田，再化為一股暖哄哄的熱氣，迅即傳遍全身，令人全身發酥，舒暢之情，無與倫比。

一時之間，只聽得各種聲響，自四面八方發出來，但獨獨沒有一句完整的語言——每一個喝了那酒的人，都感到人類的語言，無法形容那酒的佳妙於萬一！

這樣的酒會，自然使每一個人都逸興飛端，把每個人的情緒都提到最高的境界。事後，有不少參加盛會的詩人作者，都一致認為，那是人類歷史上最難得的一次以酒為主題的聚會。

那酒雖然容易入口，但是酒性奇烈，雖然齊白，陳長青一再告誡，但是還是陸續有人醉倒，只不過並不惡形惡相。醉倒者，由侍者扶過一邊，鼾聲大作，醉態可掬，益增聚會的氣氛。

整個聚會，都在歡欣愉快的氣氛中進行。唯一的不愉快事件，是由於酒香太濃，不但瀰漫整個大堂，而且通過了空氣調節系統，傳到了這個有八百多間客房的大酒店的每一個角落！

嗜酒的人自然得其所哉，但總也有人不喝酒，甚至滴酒不沾的，都深以為苦，大提抗議。

陶啟泉接到了投訴，「哈哈」大笑：「願意留在本酒店的，費用全免。不願意留的，本人名下，還有三座同級的酒店，可任憑選擇，也全由我請客！」

大豪富的豪舉，自然也令得唯一的不愉快，變成了一片歡呼聲。

這個盛會，熱鬧奇趣，兼而有之，自然值得大記特記，這裡的記述，簡單又簡單，是因為酒會和這個故事，沒有直接的關係——至於後來，由古酒盛會而衍生出來的離奇故事，那又是另一回事了！

對這個故事而言，這個盛會，只是一個「引子」。

二、亞洲之鷹帶給衛斯理來自陰間的東西

卻說盛會一連舉行了三天。

常言說得好：「越賭越遠，越喝越近。」——一些人在一起聚賭，久了必有糾紛，不歡而散的情形居多。但是，一些人聚在一起喝酒，卻越喝越親近。三天下來，由不相識可以變成朋友。

衛斯理當然沒有一連三天都泡在酒會之中。第一天他離去之後，對這樣的盛會，心嚮往之，對白素一說，白素咋舌：「你的壞習慣已經太多了，可千萬別上了酒癮！」

衛斯理笑：「放心，這樣的好酒，普天之下，再也不會有第三罈了，哪裡容得我上癮！」

衛斯理一面回答，一面也長吟：「醉鄉路穩宜頻到，此外不堪行！」唸到得意處，趁着酒興，哈哈大笑，把白素抱了起來，大聲酣呼，連拋

了三下，拋得白素幾乎要使一式「倒拔垂楊柳」，把他直摔下樓梯去！

那酒的酒力，十分持久——一點也不覺得酒醉的難過，只覺得酒逗留在體內的那種舒適，而肝臟似乎也不急於把那酒的酒力化去，真是神奇之極。

到了第三天，才感到酒力的影響完全消退，倒也神清氣爽，並不特別懷念酒後的樂趣，可知不會增多一項壞習慣，白素不必擔心。

第三天接近午夜時分，衛斯理才想：古酒盛會三天結束的時間快到了，在這三天之中，不斷在喝那好酒的不知有多少人？他總共喝了不過幾小杯，已維持了兩天酒意。若是一直喝下去，只怕酒量再好的人，也爛醉如泥了。古人記錄之中，有一醉經年的，喝的大約就是這種酒了。

衛斯理想像力豐富，思緒如天馬行空，全然不受羈絆，他正待想開去——在無窮無盡的想像力天地之中馳騁，對他來說，是一種無窮的樂趣，可是電話鈴忽然響起。

那是他書桌中間抽屜中的電話，只有和他很熟的人才知道號碼，所以他雖然不願意，但還是拉開抽屜，按下了一個鈕。

他立時聽到了陳長青的聲音，即使事實上絕無可能，但衞斯理還是感到，似乎有一陣酒味，透過電話，撲面而至！陳長青有點「大舌頭」，可是話還說得很清楚。和所有有了酒意的人一樣，他說話的聲音很大：「衞斯理，快來，酒快喝完了！」

接着，又是齊白的聲音，情形相仿：「衞斯理，快來，你猜，到最後，還剩下幾個人是清醒的？」

衞斯理沒好氣：「一個也沒有！」

他的意思是，連你齊白和陳長青都醉了，哪裡還有甚麼人清醒？

齊白卻認真否認：「錯，還有六個人，我們六個人，正在喝最後一杯，慢慢地喝，這一生，只怕再也難以遇到這樣的好酒了。」

衞斯理嘆了一聲：「對不起，我不來！」

接下來，又是陳長青的聲音：「你要來！和我們在一起的幾個人，有趣極了。其中有一個是代替羅開來喝酒的，亞洲之鷹！喝酒怎麼能替代呢？可是他堅持說可以，經過『他心通』，他喝了酒之後有甚麼感覺，羅開在萬里之外，也會有同樣的感覺，你說這是甚麼道理？」

衞斯理笑：「道理太簡單了，他喝醉了，所以胡言亂語！」

陳長青嘆：「唉！衞，一個人要是喪失了好奇心，生命就等於喪失了一半！」

衞斯理不受誘惑：「我寧願只有一半生命，只要那一半生命是清醒的。」

說到這裡，衞斯理已準備不再交談下去了，忽然有一個陌生的聲音加入：「衞先生，鷹有一樣東西給你，那東西，據他說，是從陰間來的！」

衞斯理陡然一怔，約有十秒鐘之多，不知如何反應。

各位，故事到此處，算是正式開始了，以前的敍述，全是「引子」——沒有「引子」，故事難以開始，但引子和故事沒有直接關係，看故事的朋友，要明白這一點。

何以那陌生的聲音說了幾句話，故事就正式開始了呢？因為那人的話中，提到了「陰間」：「有一樣東西帶給你，他說，是從陰間來的。」

亞洲之鷹羅開有一樣東西給衞斯理，那東西，是從陰間來的。

衞斯理最近的經歷是知道了有「陰間」的存在，他知道有人自陰間來，他和白素，也曾被人帶到陰間去過，那是他許多怪異的經歷之中，很是奇特的一回。而且，他也感到，整件事，並沒有真正了結，還有太多的謎，無法解釋。

他有鍥而不捨的探索精神，可是苦於不知從哪裡下手才好，忽然羅開有從陰間來的東西，是不是可以有新的突破呢？

衞斯理很想對陰間有進一步的探索，因為那和人類生命的終極有關，對人類來說，沒有甚麼事，比弄清楚自己生命的奧秘更重要的了！

在那十秒鐘之中，衞斯理心念電轉，他的結論是：「好，我立刻就來——留一點酒給我！」

電話中傳來了陳長青、齊白，和另外幾個人的轟笑聲，顯然是許多人對終於能請動了衛斯理的大駕而高興。在轟笑聲中，居然有女性的聲音在！

衛斯理在走出書房時，不由自主，搖了搖頭，覺得太不可思議了。然而，他立即又想到，來自陰間的使者李宣宣，就是女性，而且還是顛倒眾生的大美女。嗯，亞洲之鷹帶給自己的，又是甚麼東西呢？會不會和那「許願寶鏡」一樣？

（「許願寶鏡」是來自陰間的多功能儀器，其中的功能之一，是可以使人突破空間的限制，到達陰間。）

（「許願寶鏡」當然並不是那多功能儀器的原來名稱。而是那儀器流落人間時被人加上去的名稱。）

（那儀器之所以被稱為「許願寶鏡」，是由於它免被發現能接收人腦部活動所產生的能量，而展現有關這人的未來才加上去的！）

（這是一種難以想像的功能！）

（而且，這儀器是如何會到人間來的？）

（在「從陰間來」和「到陰間去」這兩個故事之中，只是記述了大美人李宣宣從陰間來，在陽世尋找「許願寶鏡」的經過，還有許多疑問，沒有答案。）

（衞斯理很希望亞洲之鷹給他的東西，有助於解開這些謎團，因為他知道，羅開不會無緣無故帶一樣東西給他，必然是在看到了他近來有關陰間的記述，所以才有此一行動的。）

衞斯理剛才懶洋洋地不願意去，可這時，卻心急得可以，把車子開得飛快。

當他推開酒店厚厚的玻璃門時，他就呆了一呆，因為整個酒店大堂之中，充滿了濃郁的酒香——事實上，酒店的任何角落都瀰漫着酒香，一直到三個月之後，才漸漸消退。而敏感的人，甚至在一年之後，還可以聞到酒香。

酒店大堂顯得很冷清，有不少員工，由於不能長期在酒香中工作，而被調走或批准休假。齊白從漢代古墓中弄出來的兩大罈酒，竟會弄得一家豪華大酒店天下大亂，當真是始料不及。

衛斯理走進那個大廳時，當然酒香更濃，他深深吸了一口氣，環顧大廳中的情形，不禁發笑。

大廳中還有過百人，可是個個東倒西歪，醉得一動都不能動，看起來如同一批姿勢不同，千奇百怪的人體塑像。

只有六個人，還坐在一組沙發上，未曾醉倒，有三個人，看到了衛斯理，十分俐落地站了起來，表示歡迎。另外三個，看來也很想站起來，可是經過了一番努力，顯然力不從心，所以他們並沒有站起來，只是坐在沙發上，向衛斯理揮手。

不能站起來的三個人之中，有陳長青，和一個身形魁偉之極的大漢，年紀看來只有二十上下。還有一個，則是一個乾瘦老頭，和那大漢相比，更顯瘦弱。

站起來的三個人中，一個是齊白，一個是風姿綽約，滿面溫柔的女士，只覺得她明艷照人，一時之間，竟無法分別她的年齡——但當然已不是少女，是成熟女性，年紀可以介乎二十八歲和四十八歲之間。

另外有一個人，樣子怪得很，膚色深黑，但又不是黑人，雙目深陷，鼻如鷹鈎，雙頰下陷，額角卻又很是凸出，陰森之中，帶着神秘。

三人之中，齊白身子微搖，也到了醉倒的邊緣。那美少婦臉泛桃花，天然嫣紅，當然酒意也濃，只有那怪人，看來不動聲息。

所有人之中，也是那怪人先開口：「衛先生，尊駕來得好快！」

他一開口，衛斯理就聽出，他就是亞洲之鷹派來的喝酒代表——喝酒而派代表，這種妙事，自然也只有亞洲之鷹這樣的妙人才能做得出。

衛斯理知道，這人能代表亞洲之鷹，自然不是等閒之人，所以他開門見山：「一聽說有東西給我，那恰好和我最近的經歷有關，能不快些來嗎？」

說話之間，那怪人和衞斯理一起伸出手來相握。衞斯理覺得那怪人的手，奇硬無比，像是全手是骨，並無肌肉。他知道那怪人必在手上下過功夫苦練，練的多半是鐵砂掌之類的中國傳統武術。可是他迅速地在一些武術大匠的名字中去找，卻一時之間，找不到這個怪人的來歷。

那怪人像是知道衞斯理的心意，咧着嘴，露出了一口焦黃的牙齒，笑道：「不必想我是甚麼人了，無名小卒，不值一提，只是個愛酒之人。」

衞斯理倒是由衷地佩服：「真正高人，才能如閣下那樣瀟灑，尋常人怎能做得到！」

這樣的恭維，出自衞斯理之口，算是很不容易的了。一時之間，熟悉衞斯理的人，如齊白，陳長青，都面有訝異之色。可是那怪人卻神情淡然，當仁不讓，像是正該如此，全都接受。

衞斯理和怪人握完了手，視線便轉向那美婦人，美婦人也和衞斯理握手，嫣然而笑，笑容之中，竟大有少女的佻皮，她道：「剛才給衞先生那樣一說，我也只好當無名小卒了，賤名何足掛齒，只是一個愛酒的女人而已！」

衞斯理「哈哈」一笑：「好極！」

他伸手自陳長青手中接過酒杯來，喝了一大口，心知這時還保持清醒的那幾個人，個個都不簡單，那美婦人談吐如此風趣，衞斯理也想不出她是甚麼人，又不能旁敲側擊地去問，他只好道：「幸會！幸會！」

另外兩個坐着的陌生人，這時，頭一歪，竟不約而同睡着了，也不知他們是真睡還是假睡。衞斯理向齊白望去，齊白緩緩搖了頭，看來他們在一起喝了三天酒，並不知道對方的名字和來歷！

衞斯理估計那大個子和枯瘦老頭是假裝睡着，原因是他們不想說自己的名字身分，但是又不願仿傚那怪人和美婦人，所以就只好裝睡了！

衞斯理的冒險生活之中，常遇到各種各樣出色的人物，江湖上高人甚多，但一下子遇上了四個莫測高深的人物，倒也不容易。

他在陳長青的身邊坐了下來，看到沙發的大理石茶几上，放着一隻很大的，容量約有三公升的水晶瓶。

那水晶瓶，是真正的水晶所製——近年，世間把人工製造的含鉛玻璃，統稱「水晶」，那是對水晶的一大侮辱。這種人工製品，充其量只能稱之為「水晶玻璃」，和大自然的傑作水晶，不可同日而語，簡直一天一地。

那水晶瓶的形狀很奇特，不規則，自然是遷就水晶原來的形狀製成的，乍一看，似空無所有，但一用神，就可以知道，瓶中正滿儲着那古酒。

那怪人道：「這是準備給鷹帶去的！」

凡是和亞洲之鷹稔熟的人，都簡稱他一個「鷹」字。衞斯理笑：「不是說，你在這裡喝，你有甚麼感覺，他也有甚麼感覺嗎？」

衞斯理這樣說，並沒有不相信或是嘲弄的意思，只是想進一步弄明白「他心通」在鷹和那怪人之間，已經靈通到了甚麼程度。

那怪人的回答，一本正經：「是，鷹的回應是：這酒好極了，他要額外多嚐一些。」

齊白高舉雙手：「旁人不行，羅開可以！」

衞斯理聽得有趣——當時，他只當那怪人是想騙酒喝，所以才巧立名目，他隨口問：「鷹在哪裡？」

怪人卻不回答，只是道：「我來的時候，鷹說我有機會見到衞先生，果然如此，幸甚幸甚，早兩天見到你，圍在你身邊的人太多，所以沒有主動和你打招呼，不然，這東西早就給你了！」

他一面說，一面取出了一隻扁平的盒子來。那盒子是鑲着銀絲的漆器，晶亮烏黑，大小一如舊式的烟盒，看來很是悅目。

衞斯理一看到是漆器，就心中一動，自然而然，發出了「啊」地一下低呼聲——他立即想到，李宣宣這個陰間派出來的人，自陰間帶出來，放那「許願寶鏡」的容器，也是極好的漆器。莫非使用漆器，正是陰間的習慣？

這種情形，實在很難想像，陰間不應該有人，衞斯理見到的，全是在一冊巨大的「書頁」上的細小如針尖的「亮點」，哪裡有用到甚麼器皿的必要？

可是，李宣宣從陰間來，她又絕不是甚麼鬼魂，是人，人在陰間，總要用一些器皿的——這種古怪的問題，想下去，會令人思緒紊亂。

衞斯理知道，那是他自己對陰間所知太少，還有太多不明白的事存在之故。

所有人中，陳長青最好奇，那怪人才一取出這扁平的盒子來，他也想起了李宣宣閨房之中的那件漆器，被祖天開用大環金刀劈了開來的那個，他更肯定：「不假，這東西確然從陰間來！」

那怪人一翻眼：「你怎麼知道？」

陳長青道：「我見過另一件從陰間來的大漆器。」

那怪人分明不以陳長青所說的為然，可是他自己提出來的理由更發噱，他道：「鷹說了，那東西是從陰間來的，所以它就是從陰間來的！」

陳長青本性好辯，那怪人這樣說，他自然不服，但衛斯理不等他開口，就道：「打開來看看是甚麼！」

那怪人把盒子遞向衛斯理，衛斯理隨手接了過來，卻不料那小小的一隻盒子，竟然很是沉重，事先沒有在意，盒子一到手，向下一沉，幾乎脫手跌落！

衛斯理好奇心大盛，脫口道：「好重！」

他一面說，一面已在心中迅速地計算——地球上比重最大的物質是鉑，俗稱白金——比重是二十一點四。這樣大小的一塊鉑，重量應該在三公斤左右——普通烟盒大小，重量超過三公斤，已經很驚人了。可是事實上，這盒子的重量，卻在十公斤左右，若不是重量如此之甚，衛斯理怎會鬧了個幾乎脫手？

那也就是說，在地球上的已知物質之中，不可能有那麼重的東西。

那麼，順理成章，這東西是從地球以外來的了。陰間，當然可以算是在地球以外的另一空間。

衞斯理見過「許願寶鏡」，他曾把那東西放在手中，倒不覺得特別重。不然，照體積來算，那寶鏡的重量，會超過一百公斤！

衞斯理一說「好重」，陳長青好奇心大作，伸過手來：「有多重？」他一面說，一面也把那盒子一把自衞斯理的手中，抓了過來，可是他一下子沒有拿得住——那小盒子的重量超乎地球人的想像之外。盒子自他的手中滑下，卻見坐在他一側的美婦人一俯身，伸手一抄，已將那隻盒子，抄在手中，含笑道：「果然好重！」

美婦人的動作快絕，反應快絕，而更難得的是她舉重若輕，在十份之一秒中內完成的動作，卻清脆玲瓏，叫在旁的人看得清清楚楚。

那怪人喝采：「好俊的身手！」

衞斯理也看出，這簡簡單單的一接，若不是身負武術絕學，極難做得到，他自己和白素，是不是能有這樣敏捷的行動，也難以肯定。

這美婦人竟有這樣的身手，自然是大有來頭的人物，她不肯說，衞斯理竟也想不起她是甚麼人，不由得心中暗叫了一聲慚愧！

那怪人所想的，顯然和衞斯理一樣，他的一雙怪眼，瞅着那美婦人，簡直已到了不禮貌的程度。衞斯理看得暗自好笑，心想你自己不肯通姓名在先，難怪人家也不肯告訴你來歷了。

那美婦人在怪人的注視之下，若無其事，把盒子交給陳長青，一面道：「真重，那不是地球上的物質，至少，不是陽世間的物質。」

陳長青吞了一口口水，這一次，他不敢怠慢，雙手捧了，掂了一掂，才還給了衞斯理。同時，他對那怪人道：「那麼重的東西，你放在身邊幾天，也夠了不起的了，看來，所謂無名小卒，全是臥虎藏龍的高人！」

那怪人壓低聲音說了一句：「還有忽然睡着了的兩位呢！」

衞斯理見的世面多，知道高人也好，低人也罷，各有各的行事方式，最好別去干涉別人。他看了看手中的盒子，隨便一揭，就把盒子打了開來。

那盒子的厚度約是一公分，恰好齊中打開。

三、認真討論「陰間是甚麼」

衛斯理一打開了盒子，陳長青和美婦人的視線，自然而然投了過來。那怪人卻自顧自喝酒。自然，盒子是他帶來的，盒子打開之後，盒中有甚麼，他再明白不過。

盒子打開之後，各人都是一呆，因為盒中沒有甚麼！

整個盒子，幾乎是實心的。盒子看來像漆器，但那只是外面塗的一層漆。打開之後，可以看到那是一種鐵灰色的物質。

在盒子的中心，有一個圓環形的凹糟，兩面都有。看起來，若是放進一個大小脗合的圓環，天衣無縫。那圓環的大小，說是戒指又太大，說是手鐲又太小，大約直徑在兩公分左右，整個盒子，看來就是那圓環的容器。

衛斯理向那怪人望去，怪人攤了攤手，表示他不知道甚麼，衛斯理還是問了一句：「鷹怎麼說？」

那怪人道：「鷹只說這東西來自陰間，至於那究竟是甚麼玩意兒，他也不知道。他說，那東西是一個老人給他的。若干年前，他曾在黃河風陵渡口，出手救了那個老人，老人就把這東西從土裡掘出來給他，告訴他說，這東西是冥府之寶，人間不會有那麼重的東西。鷹到手之後，帶到了一座喇嘛廟，給很多智者看過，也沒有人知道那是甚麼！」

怪人一口氣說着那東西的來歷，倒說得條理分明。

衛斯理再問：「怎麼會忽然想到了給我？」

怪人的聲調，有點陰陽怪氣：「衛先生你大名鼎鼎啊！你曾到過陰間，一下子就人人都知道了，這東西既然說是從陰間來的，我想鷹的意思，是想請閣下鑒定鑒定！」

衛斯理對這種說話陰陽怪氣的人，沒有甚麼好感，所以沒有反應。那怪人卻又道：「陰間，人人都知是怎麼一回事，衛先生，你到過的陰間，和一般人所知道的陰間情形不同。」

美婦人在這時，幫了衛斯理一下糾正那怪人的話：「應是和一般人『假設』的陰間情形！只有到過陰間的人，才能說『知道』陰間的情形！」

那怪人居然十分虛心，欠了欠身：「說得是，多謝指教，照衛先生看，陰間是怎麼一回事呢？」

衛斯理盯着那怪人看，心中感到那怪人有點「不懷好意」，所以對於這個問題，他答得很是認真。

他先喝了一大口酒，然後才道：「不知甚麼時候，也不知道從甚麼地方，來了一股力量，在地球上建立了一個空間。目的是收留地球人肉體生命結束之後，腦活動所形成的能量——俗稱靈魂。這個空間，就被地球人稱為『陰間』、『地府』，或『冥府』。」

衛斯理很少把一件事用這樣正式的語言來表達，由此可知他對這個問題的重視。

難得的是，雖然聽他發表這個論點的人，都大有酒意，但是人人都聽得很是入神，包括那怪人在內。這表示他們都抱着嚴肅的態度在討論這個問題。

衞斯理頓了一頓，又喝了一口酒，指了指那隻盒子：「從這東西來看，那股力量，自然來自地球之外，也就是我常說的外星人。外星人在地球建立了這樣的一個空間，目的……照我的推測，是研究地球人的行為。也有可能，是根據他們的一些標準，使地球人的行為，在肉體消失之後，來一個『結算』——俗稱報應。」

那怪人忽然高舉右手，像是學生要發言之前的動作一樣。衞斯理望向他，他放下手：「衞先生，你曾記述過一次經歷，在南美洲的一處地方，可以通過許多螢光幕，看到每一個地球人一生的行為，和這些行為所帶來的『報應』，那地方，也可以稱為『陰間』？」

衞斯理點頭：「是，我相信，『陰間』不止一個。也就是說，不止一股力量，不止一種外星人在地球上進行同樣的活動，以我本身的經歷而論，至少已有兩個，或許會有更多！」

美婦人在這時，以悠然的神態道：「傳說中的陰曹地府，地獄有十八層，正好說明有不同的陰間。」

陳長青對美婦人的說法大是嘆服，連連稱讚：「好，這說法新鮮之極！」

衞斯理繼續發揮：「地球人的腦部活動所形成的記憶組，通稱靈魂。陰間就是靈魂的最後歸宿，像是電腦資料被儲進了電腦一樣，我所到過的陰間，在我看來，無數靈魂，每一個只是小小的亮點。但是靈魂本身，卻有全然不同的感受。曾死過的王大同就說陰間和傳說的一樣，有城有市，有許多『人』熙來攘往；有寶殿，有懲罰有獎勵，有閻王有判官在主持公義，權衡報應——這一切，只有死了，成為靈魂之後，才能有這樣的感受！」

死了又還陽（復活）的王大同，是著名的腦科醫生，發生在他身上的怪事，衞斯理已記述過，所以這時，一提起王大同這個人，聽的人都知道那是甚麼人。

那怪人像是在自言自語：「這個王大同，才是真正到過陰間的人，衞先生，你不能算是到過陰間。」

衞斯理同意：「可以這樣說，我只是一個參觀者，無法知道陰間的真正情形，王大同才是親身經歷者，他才知道陰間的真正情形。」

那怪人問：「他現在在哪裡？」

陳長青回答：「在精神病院，專家說他是最沒有希望的瘋子——你要是想見他，我可以陪你去。」

那怪人望向衞斯理，提出了意料之外的邀請：「衞先生，我們一起去。他真正到過陰間，給他看看那東西，或者他能告訴我們那是甚麼！」

衞斯理知道王大同如今的情形，根本不可能有條理地和人談話，但是他並不反對那怪人的提議。至少，他可以和那怪人多相處，去了解那怪人究竟是甚麼來路。他和那怪人相處的時間雖短，但已覺得對方是一個還可以相處的人，外形雖怪，人卻並不討厭，很是高深莫測。

陳長青更是高興，向美婦人望去，意思是想邀請她也加入。

美婦人雙手攏了攏秀髮，姿態優美：「反正必然有機會去親身體驗，何必去聽人敍述。」

美婦人的態度豁達之極，陳長青又大是欣賞，鼓起掌來。那怪人道：「照衞先生的推論，那種力量，或是種種在地球上建立了『陰間』的外星人，可惡之至！」

陳長青揚了揚眉：「何以見得？」

衞斯理立即知道那怪人接下來想說甚麼，因為他也早已有了同樣的想法。果然，那怪人接下來所說的，和衞斯理所想的，基本上一致。

那怪人道：「可惡在他們強迫把地球人的靈魂都集中在陰間，而不理會地球人的意願！」

衞斯理舉了舉手，表示同意那怪人的說法。

陳青長呆了一呆，卻是一臉迷惑，他提出了一個問題：「人死了之後，靈魂若是不到陰間去，到哪裡去？」

那怪人應聲回答：「愛到哪裡就到哪裡，為甚麼非到外星人設定的陰間不可？」

他們之間，討論「陰間」這個在一般觀念中看來是虛無飄渺的存在，竟到了這樣認真的地步。衞斯理皺着眉：「照我看，也有例外的……多半是靈魂本身，如果堅持的話，也可以遊離陰間之外，不是有孤魂野鬼之說嗎？」

陳長青喃喃地道：「孤魂野鬼豈不是更可怕？」

那怪人「哼」了一聲，滿面不屑之情，説的話，也很是不客氣：「就是有你這種鬼，才會有陰間！」

陳長青也不是好欺負的，一下子跳了起來，臉紅脖子粗，嗓門也大了：「喂，你這是甚麼意思？我還沒有死，怎麼説我是鬼？」

那怪人的行為很奇特，他愛亂説話，可是一有人糾正他説的話，他也不和人爭，反倒立即認錯。這時陳長青一嚷，他立即道：「對不起，我説錯了，你現在還不是鬼。」

陳長青漲紅了臉，卻無話可説。那怪人的言下之意，雖然在説陳長青遲早會是一個鬼，但那是必然的事。

陳長青憤然坐了下來，衛斯理嘆了一聲：「要了解陰間的情形，其實有一個人最是權威——從陰間來的李宣宣，只是可惜不知如何和她接觸！」

那怪人很認真地道：「她是陰間的使者？」

衛斯理點頭：「她的情形特異之至。嗯，陰間的使者，人類的語言之中，也只有這個稱呼，最合乎她的身分了。當然，實際上，她的身分相當複雜，她甚至還負有管理陰間的責任！」

陳長青駭然：「閻王？判官？牛頭？馬面？」

美婦人笑：「聽說她極美麗，當然不會是那些可怕的鬼物！」

衛斯理道：「可以假設那些陰間的主要管理者，都是外星人。牛頭馬面，就是怪異的生物造型，我就確知有一種外星人的頭部像牛，被古埃及人尊奉為牛頭大神。但是牛頭馬面不能到人間來，當有必要在人間活動時，就必須通過李宣宣這樣的使者來進行！」

陳長青連連點頭：「傳統的說法之中，也有這樣的人物，簡稱『陰差』，連西方的傳說之中，都有這種角色——人一死，陰差就來拘魂了！」

那怪人自顧自道：「有意思的是，陰差也會作反，李宣宣上一代的陰差就作了反，偷了陰間內的一樣重要東西，逃到了陽世，那個陰差不知下落何處，結果如何？」

這個問題一提出來，無人可以回答。

過了一會，衞斯理才道：「那是很多年之前的事了。所知的是，那陰差帶出來的東西，被稱為『許願寶鏡』，成為人世間爭奪的寶物。在爭奪的過程中，曾有過許多腥風血雨，最後，落入王大同的祖父之手！」

陳長青補充：「百歲老人祖天開，曾參與最後一次的爭奪！」

那怪人又自言自語：「嗯，這祖天開，也要見一見！」

衞斯理揚眉：「閣下看來不單是代表鷹來喝酒，還另有任務！」

怪人直認不諱：「是，想弄清楚陰間究竟是怎麼一回事，也不服氣何以地球人死了之後，靈魂非受外星人擺佈不可！」

陳長青駭然：「一直是這樣的啊！」

那怪人說得斬釘截鐵：「現狀可以打破，傳統可以更改，規範可以重設！」

他這三句話說來慷慨激昂，陳長青聽得吐了吐舌頭，倒沒有再和他爭辯下去，齊白仿着聽京戲時的叫好聲喝采。

那怪人又指着那盒子：「這東西看來，像是一個容器，是不是？」

衞斯理點頭：「看來是。」

怪人陡地吸了一口氣：「不知道是不是也是前一任陰間使者偷出來的？」

他不斷提出問題，可是十個問題之中，至少有九個是沒有人答得上來的。他也不以為意，一個問題未完，下一個問題接着又來了：「祖天開曾參與搶奪那許願寶鏡，不知道曾見過這東西不？」

陳長青道：「那得去問他！」

怪人向衞斯理望來，意思是問衞斯理去不去。衞斯理還沒有回答，怪人就道：「若是你不去，這東西得借給我一下，給祖天開去看看。」

衛斯理一揮手：「我也想進一步弄清楚陰間的情形。老實說，我不想我死了之後，靈魂去到一個莫名其妙的空間中，成為一個小亮點！」

那怪人大力鼓掌——他雙掌互擊所發出的「拍拍」聲，十分響亮，倒像是兩塊鐵板在互擊一樣。

衛斯理順口稱讚了一句：「好掌力，是鐵砂掌吧！」

那怪人一聽，立時停止了鼓掌，一雙手像是無處放，神態很是忸怩，連聲道：「小意思，小意思，年輕的時候，胡亂鬧着玩的！」

他這種擺明了是掩飾的話，說得十分幼稚，衛斯理也不揭穿，心想，多半是由於他在掌法上出名，容易叫人從鐵砂掌這種冷僻的功夫上，聯想到他的身分，所以他才要加意掩飾。自己還是想不起他是甚麼人，但不要緊，回去問白素，她對武術界的各路人物，熟悉之至，練鐵砂掌的人又不多，一定可以說得出那怪人的來歷。

倒是那美婦人的不明來歷，想要弄明白，就比較困難一些了。

他剛想到這裡，那美婦人已懶慵地站了起來：「已過子夜，三日聚會已過，告辭了！來年若再有這樣的好酒，自當再會！」

她說着，向外走去。這時，睡着了的那瘦老頭又醒了過來，伸一個懶腰，也站了起來，向美婦人道：「我看全世界女人，酒量之宏，以你為最！」

稱讚一個人的酒量之宏，用到了這樣的語句，已經可以說是恭維之至的了。

可是美婦人一聽，卻柳眉一揚，大有嗔意：「嗯？」

那老人一時之間，不知自己的話，有甚麼地方惹了對方的不滿，抓着頭，不知如何反應才好，齊白笑了起來：「老先生的話，要刪一個字，把『全世界女人』中的那個『女』字刪去才行！」

美婦人微一昂頭，發出「哼」的一聲，意思再明白不過：可不是嗎？

她翩若遊鴻，向外走去，各人目送着她的背影，那老人兀自摸着頭，神情惘然，喃喃自語：「天外有天，人外有人啊！」

他這樣說，也不知是甚麼意思，他一面說一面也走了出去。這時，那大個子忽然發出了長長的「啊」地一聲，雙手伸向上，嚷叫起來：「我竟然也醉倒了，真不能相信！」

那怪人笑：「真醉不稀奇，假醉才有趣！」

那大個子像是十分憨直：「誰假醉了？」

那怪人沒有回答。衛斯理目送美婦人和老人出了廳堂，也想打道回府，也順手向几上摸去，是想拿了那隻盒子就要離開。

由於他知道那盒子很重，所以伸手出去的時候，已經用足了力，可是一摸之下，卻摸了個空。

衛斯理心中想：真豈由此理，難道記性不好，記錯了方位？

剛才他們在討論的時候，那沉重無比的奇異盒子，就放在茶几之上，好幾次，衛斯理還用手按在那盒子上，按理是不會記錯方位的。

衞斯理心中有點難過——這樣的情形下，也會記錯方位，那不是好現象。

他轉過頭，向茶几看去，一看之下，就呆了一呆。

茶几正中，是那隻盛滿了古酒的水晶瓶，還有幾隻杯子，有的杯中還有殘酒，有的酒杯已空，若是照這情景畫上一幅畫，大可以用「宴會已過」這樣的標題。

可是那隻盒子呢？那隻盒子在哪裡？

那隻盒子不見了！至少，它絕對不在茶几之上！

衞斯理心中一凜，先向陳長青看去。只見陳長青還怔怔地望着廳堂的門，想必是在回憶那美婦人的一舉一動，心嚮往之。

衞斯理知道陳長青的為人，他不會對美婦人有甚麼非份之想，只是他一貫欣賞美好的一切而已。

在那樣的情形下，陳長青就不可能收起那隻盒子。

衛斯理立時又向那怪人望去，那怪人的視線，才從廳堂的門口收回來，也投到了茶几之上。

只見他陡然怔了一怔——顯然他望向茶几，目的也是看那盒子，一發現盒子不在了，他才震動，他也是先望了陳長青一眼，再望向衛斯理。

一和衛斯理的視線接觸，他自然也可以看出，衛斯理比他先一步發現那盒子不見了。

他發出了「啊」地一下低呼，才把陳長青的視線吸引回來，衛斯理伸手向茶几上一指，陳長青也立時發現那盒子不見了。齊白收回視線時，恰好打了一個呵欠，所以最後發現。

必須說明的是，一發現盒子不見了，那怪人、陳長青、衛斯理，齊白四人，都心念電轉，立時分析那盒子是在甚麼樣的情形下不見的。

那分析的時間極短，可是分析的過程要寫出來卻相當長，是一個典型的「說時遲，那時快」的情形。

四個人的思路和分析都差不多，且舉衛斯理在剎那間的想法作準。

衛斯理知道自己沒把盒子藏起來，那怪人也不會做這種事——盒子根本是他拿出來的，他不拿出來，誰也不知有那樣的一隻怪盒子。

陳長青也不會——這人雖然愛搗蛋，但有一個極大的好處：行事光明磊落，從來不鬼頭鬼腦。他若是看中了這盒子，可能會明搶，絕不會暗盜，齊白也一樣。

廳堂中雖然還有別的人，但全在十公尺之外，只有三個人是在茶几附近的。

一個是美婦人，最早離去的是她。但衛斯理認為她沒有嫌疑——當她站起身離去時，衛斯理可以肯定，那盒子還在茶几上，美婦人無法下手，因為那時，各人的目光並沒有集中在她的背影上。

所以，美婦人充其量，不過是個共謀——利用了她動人的背影，吸引了那怪人、陳長青和衛斯理的目光，好讓別人下手。

能下手的人，只有那老人，和眼前這個大個子了！

衞斯理想到了這裡，只不過是三四秒鐘的時間，他也來不及說話，伸手向那大個子一指，身形閃動，已向外疾掠而出。

出了廳堂，只見川堂之上，靜悄悄地，幾架升降機，有的在上升，有的在下降。衞斯理知道，已經遲了！

十幾秒鐘，也足夠使人消失在大酒店之中了！

四、大個子

這時，再去追尋，必然徒勞無功——衞斯理絕不做那樣的事。所以，他一個轉身，又回到了廳堂之中，一進去，就看到了一個奇異之極的現象。

他看到陳長青、齊白和那怪人，一起盯着那大個子，那大個子也回瞪着他們。四個人互不相讓，但又沒有行動，如同泥塑木雕。

衞斯理一出現，陳長青就道：「他說他沒有拿！」

衞斯理來到近前，發問：「閣下尊姓大名？」

大個子居然很倔：「憑請柬來喝酒，沒說非得報上姓名不可！」

衞斯理向齊白一指，齊白立時又問道：「尊姓大名？」

大個子惱怒起來，並沒有把剛才的話重覆一遍，齊白和顏悅色：「我是主人，請教一下尊姓大名，不算過份吧？小朋友，你的請柬是哪裡來的？」

那大個子的身形魁偉，但是看來年紀不大，估計在二十上下，那樣的年紀，很難成為「愛酒人協會」的會員。齊白看準了這一點，才提出責問的——畢竟大個子是兩個嫌疑人之一，不能不問。

大個子被齊白這一問，臉上紅了一紅，可也答得理直氣壯：「請柬是我姐姐給我的！」

他說着，霍然起立，這一站起來，更顯得他高大無比，昂藏七尺，體高超過兩公尺很多，人人都要抬頭，才能和他對視。

齊白再問：「令姐是誰？」

大個子怒道：「這算甚麼？調查戶口嗎？」

齊白凜然：「你喝了三天這樣的好酒，連個來歷都不肯說，所以要問問！」

大個子更怒：「為甚麼單問我，不問別人？」

衞斯理知道再這樣糾纏下去，不會有甚麼結果，反正再客氣，還是已經把人得罪了，所以他開門見山：「我們不見了一樣東西，懷疑是你拿了，所以要問詳細些！」

這話一出口，那大個子先是陡地一呆，接着，發出了一下驚天動地的怒吼聲——他個子大，發出來的聲音，洪亮之極，說是震耳欲聾，絕不為過。隨着吼叫聲，他揚起足有柚子大小的拳頭，「呼」地一拳，向衞斯理打來。

他個子高，隨便揮拳，打的便是衞斯理的頭部。從這一拳的拳勢來看，那大個子的橫練外功，境界已相當高，別看他樣子傻乎乎的，這一出手，絕不含糊！

衞斯理不敢怠慢，身形一閃，正想趁機出手，一指彈向對方的肘部，那一彈若是彈中，可以把對方那一拳的力量，完全化去。

可是那怪人的動作，卻比衞斯理更快，身子一閃，竟硬生生擠到了衞斯理的前面，伸出手來，用他的手心，去迎大個子的拳頭。

他一到了衞斯理的身前，幾乎和衞斯理身子相貼了，衞斯理連忙身子後退——幸虧他退得快，因為「拍」地一聲響，大個子一拳，已經打中了那怪人的手心。那怪人手臂向後一縮，藉着這一縮之勢，卸去了大個子的拳力。

衞斯理若是退得慢些，非被那怪人的手肘撞中不可。

就算到時，可以及時避開，但如果避得狼狽，也就大失衞斯理的身分了！

看來，那怪人出手，硬接了大個子的一拳，一方面也含有掂一掂衞斯理斤兩的意思在內。

那大個子雙眼瞪得老大，再揚起手來，還想再打第二拳，可是那怪人已經喝道：「住手！抱歉了，雷老頭的徒子徒孫，不會做偷偷摸摸的事！」

一旁的齊白、陳長青和衞斯理三人，一聽得那怪人如此説，又是佩服，又是吃驚。

他們佩服的是那怪人接了一拳，立刻就知道了大個子的師承來歷，由此可知，他實在是武術的大行家。

而吃驚的是，那大個子本身的武功極高，毫沒來由，由酒友變成了仇人。他師父，怪人口中的「雷老頭」，只怕更是不好惹，豈不是橫生出來的變故！

事實上，三人之中，衞斯理暗暗皺眉，陳長青和齊白，都不知道「雷老頭」是甚麼人。可是衞斯理心知，那怪人口中的「雷老頭」，必然是有「南白北雷」之稱的武林怪傑的雷九天！

那雷九天有一個外號：雷動九天。提起「雷動九天」雷九天的大名，武林中人，當真如雷貫耳，黑白兩道，莫不敬佩。他能和白素的父親白老大齊名，自然絕不簡單。

常言道：「文無第二，武無第一」，白老大和雷九天並未會過面。白老大和雷九天不同，白老大是知識分子，有三個博士銜頭，興趣廣博之極。那雷九天卻據説斗大的字識不了一擔，是一個十足地道的傳統中國武術奇人。

在這兩大高手之間，自然免不了有好事之徒，挑撥離間，搬弄是非，想唆弄得他們比試武功，好看一場天大的熱鬧——自從湖南武術大師柳森嚴大擺擂台之後，江湖上已好久沒有盛舉，雷九天和白老大若是能各展所長，自然是轟動天下的盛事！

所以，就算平日不是怎麼好事之人，也在推波助瀾，希望有這樣的事出現。

雷九天和白老大兩人的態度，卻大不相同。雷九天躍躍欲試，已經公開說了：只要白老大定下地點，時間，他必然依時赴約！

而白老大卻一點興趣也沒有，一口回絕。

於是江湖有了各種各樣的傳說：有說白老大自知不敵，所以避戰的；有說白老大恃才傲物，根本瞧不起土包子雷九天，所以不屑與之交手的。

話在人們的口中傳來傳去，只有越來越難聽。白老大相應不理，一概不問不聞。雷九天卻有點沉不住氣，幾次請白老大「放馬過來」。而且他門下的一些好事之徒，還曾生過幾次事，都叫白老大輕描淡寫地打發掉了。

後來，局勢發生了變化，白老大為避暴政，遠走海外，雷九天卻被政權利用，成了強大政權最高情報組織的武術教頭。

在那種情形下，自然再也沒有碰面的機會了。

可是後來，情形又有些變化，雷九天也到了海外。那時，他已到了九十高齡，宣佈從此退出江湖，不談武事，那也算是一件盛事。有許多三山五岳的人物參觀他「金盆洗手」——給白老大的帖子，是送到衞斯理那裡的，白老大沒有去，但送了一份厚禮，那隻雷九天用來洗手的金盆，就是白老大送的。

那次盛會，到的武學行家甚多，衞斯理和白素並沒有去，因為他們和白老大的關係，若是當場有人挑撥，說雷九天沒有和白老大動過手，不如讓兩大高手的傳人過過招，那就不好應付。

自此之後，雷九天就隱居，果然沒有再聽到他再有活動的消息，但那也不過是去年的事，一輩子在江湖上打滾的人，一下子要靜下來，談何容易，至多是人靜心不靜。

江湖之上，武林之中，無風尚且要起三尺浪，何況這時把雷九天的徒子徒孫，當成了竊盜的嫌疑，雷九天對白老大的心生隙嫌，若是仍擱在心頭，趁機發作在衞斯理的身上，也不是不可能的事！

衞斯理自然不至於害怕，但這種沒來由的麻煩，總是可免則免。

所以，他也想息事寧人，卻不料陳長青冷不防冒了一句話出來：「是天王老子的徒子徒孫也不行。只有兩個人有嫌疑，是好的，何不自己放漂亮些，證明一下自己的清白無辜！」

那大個子聽了，不怒反笑：「第一，我不是天王老子的徒子徒孫，我的家師尊姓雷，大名上九下天，外號『雷動九天』的關山門弟子。第二，要是證明了我清白無辜，各位怎麼說？」

陳長青應聲道：「我向你叩頭！」

那大個子一聽，也不禁呆了一呆——一個人向另一個人叩頭，這本來是簡單之極的動作，可是在中國的傳統上，卻含有極大的侮辱成份在內，所謂男兒膝下有黃金，曲膝下跪，屈辱之至！

陳長青性格特別，對他來說，向人叩頭，不算一回事，像齊白、衞斯理，還有那怪人，只怕要他們殺頭容易，叩頭卻難！

所以，幸而陳長青只是說「我向你叩頭」，沒有口輕說「我們向你叩頭」，不然，事情不知該如何收科了！

大個子在呆了一呆之後，大聲道：「好！」這大個子倒也爽快，被認為有竊盜的嫌疑，自然是大侮辱，但是對方肯叩頭道歉，也就過得去了。

這時，由於大個子的吼叫聲，和各人的爭吵，有不少在沉睡中的人被吵醒，揉揉醉眼，不知發生了甚麼事。

而這時候，大個子已開始脫衣服，脫一件，抛一件，直到上身赤裸。

所有看到他赤裸上身的人，無不喝采──他全身肌肉，塊塊凸起，簡直已到了人體美的頂峰。看上去，有鋼澆鐵鑄的感覺，他並沒刻意顯露自己的健碩，但只是普通的動作，已叫人嘆為觀止。

這樣的一個大漢，剛才那一拳之力，是如何強大，可想而知。而那怪人竟輕輕巧巧，硬接了下來，可知怪人的功力，還在大個子之上！

大個子上身赤裸之後，又脫了長袴，還要脫內袴時，各人齊聲道：「不必了，不是你拿的！」

齊白還補充了一句：「是那乾癟老頭！」

大個子的內袴是三角袴，就算可以藏得下那盒子，那盒子十分重，這時也必然無所遁形了，何必真的要他脫個清光不可！

陳長青大叫一聲：「對不起，我們逼不得已！」

他說着，立時下跪，就一口氣叩了三個頭——其實他叩一個也夠了，當初又沒有說好叩幾個！

大個子倒有點過意不去，忙道：「夠了！夠了！」

他穿好了衣服，順口問了一句：「你們不見了甚麼奇珍異寶？」

那怪人道：「不知是甚麼奇珍異寶，只知道是從陰間來的東西。」

那怪人這樣回答大個子，只怕多半也是順口說說的。怎知大個子一聽，剎那之間，滿臉通紅，雙睛怒凸。那情形，比他剛才被人當成了竊盜者，可怕了不知多少。他張大了口，在他的喉間，發出了「呵呵」的聲響，他又急着講話，講出來的話，和那種聲音夾在一起，聽來怪異莫名。他對着那怪人在吼：「你剛才說了甚麼？再說……一遍！」

大個子的神態，忽然變得如此怪異，各人都訝異莫名。連那怪人也怔了一怔，這才道：「我說，不見了的東西，是從陰間來的！」

那大個子一伸手，抓住了怪人的衣服，像是一個遇溺的人抓住了木板一樣，另一隻手，卻無目的地揮舞着，喉間仍然不斷發出「呵呵」的可怕聲響。

衞斯理的反應最快，他提高了聲音：「小朋友，有話慢慢說！」

他一開口，那大個子立刻向他望過來，眼神之中，竟大有求助的神色。

衞斯理心念電轉，首先肯定的是，大個子剛才頭一歪就睡着了，那是真睡，並不是假睡——酒意湧了上來，前一秒鐘清醒，後一秒鐘就可能熟睡。

衞斯理之肯定這一點，是因為他們一直在討論那從陰間來的東西，大個子要是裝睡，早就聽到不知多少次了，不會這時聽到，有如此不尋常的反應。

衞斯理又想到，那乾瘦老頭才是假睡，暗中聽到了一切，又下手把那盒子偷走。從這乾瘦老頭的行為來看，他極可能對那隻沉重的怪盒子，略有認識！

衞斯理又道：「你真有甚麼為難的事，這裡幾位，都不是常人，都可以幫你！」

那大個子由於身型實在太高大，乍一看，給人的印象，是年紀也不會小到哪裏去。可是這時，他的心中分明焦切之極，一臉的惶急之相，這才叫人看出，他至多不會超過二十歲！

這時，被他抓住了衣服的怪人，也對這大個子有了興趣，伸手在他的手背上拍了兩下：「小朋友，你何以一聽那東西是從陰間來的，就大驚失色？」

大個子到這時，才掙扎出一句話來：「那……從陰間來的東西……是一面……銅鏡？」

那怪人搖頭：「不是，是一隻盒子——雖小，但重得驚人。」

大個子聽了，怔了一怔，神情漸漸恢復了正常，長長地吁了一口氣，鬆開了手：「那……我弄錯了，真是，從陰間來的東西，竟有那麼多！」

陳長青、齊白，衞斯理和那怪人，互望了一眼，大個子伸手抹着額上的汗。陳長青指着衞斯理，向那大個子介紹：「喂，小朋友，這位是衞斯理先生！」

大個子點頭：「我知道，衞先生名頭響亮，神通廣大！」

陳長青笑：「你對衞先生的經歷，一定所知不多，你且站穩了，等我來告訴你他最近的經歷！」

大個子已經完全回復了正常，一聽之下，就現出不服氣的神情來，他一定是個直性漢子。因為這時，他臉上簡直就等於寫了字：他經歷再奇，也嚇不倒我，我何必要站穩了來聽？

陳長青冷笑一聲：「衛先生最近，曾到陰間去走了一遭，你剛才提到的那面銅鏡，確然是陰間之物，但是卻不是銅鏡，而是不可思議的寶物……」

陳長青一面說，那大個子的身子就一直搖提——他身型如此巨大，搖提起來，也頗是駭人。陳長青的話還沒有說完，大個子身子向後一倒，跌坐在沙發之上，壓得沙發發出了一下很是怪異的聲音。

他坐倒在沙發上之後，望住了衛斯理，發出的聲音嘶啞之至：「真……真的？」

衛斯理愛惜人材，他對這大個子，已經有了相當程度的好感。而且，看出對方性子直率，年紀又輕，所以他剛才就曾主動提出，可以幫助他。

這時，衛斯理就道：「是，那不是甚麼秘密，我早已把一切經過，都敍述出來，公諸於世了！」

（衛斯理那時，對這大個子有好感，只是基於對一個青年人的愛護，他當然絕想不到，若干年之後，這大個子會和他有極親密的關係。）

（世事難料！）

那大個子像是聽到了世上最不可思議的事一樣，一臉不相信的神情，望望這個，望望那個，終於在各人的神情之中，知道了衞斯理所説的是實話。他才用力拍打着自己的腦門：「我住在鄉下，不知道，怎麼姐姐也不知道？」

他在這樣説的時候，就益發顯得年輕。

衞斯理笑：「那還是最近的事，也不是任何人都對我的經歷有興趣，令姐沒有注意，也不足為奇，你來自何處，高姓大名？」

那大個子，上次怪人在問他姓名之時，他不是很願意回答。

但這時，態度就大不相同，站了起來，向各人作了一個揖：「小子姓曹，名金福，從湖北鄉下來，敝鄉是天河口，小地方。」

他一下子把自己的姓名來歷，説得清清楚楚——不過那也沒有甚麼意義，因為誰也沒有聽過「曹金福」這個名字。湖北天河口，是漢江上游的一個鎮甸，也沒有甚麼特別的意義。

（請注意，這個故事發生的時間，是在「到陰間去」之後不久，也就是說，是在陳長青「上山學道」之前。）

（在衞斯理故事之中，和「陰間」有關的好幾個故事，並沒有循序記述出來的原因，已經說過，再說一次，是由於有太多的疑點，一直到最近才弄清楚的緣故——要是一個故事，充滿了沒有解決的疑點，那必然不能算是一個好故事，所以要等到最近才整理出來。）

（所以，曹金福這個人物，若是熟悉原振俠醫生傳奇經歷的朋友，可能會很熟悉，因為在那裡，他曾出現過。當然，那是本故事以後若干年的事情。）

曹金福講了自己的姓名，恭敬地站立着。他體型龐大，但這時的神態，如同聽話的孩子。

各人都是一樣的心思——曹金福只是一個大孩子，雖然他自稱是雷九天的關山門弟子，武功造詣極高，但在場各人也不會特別留意。倒是他一再提及的「姐姐」，可能大有來頭。

所以，齊白和陳長青一起問：「令姐是——」

曹金福道：「我姐姐叫曹銀雪，也跟師父學藝，前幾年才離開鄉下，現在在法國唸書！」

各人互望，曹銀雪這個名字，對他們來說，也聞所未聞，陌生得很。

那怪人問：「你何以一聽到有東西從陰間來，就大失常態？」

曹金福見問，先是吸了一口氣。他身形本就魁偉，這一吸氣，胸圍陡然擴大，看起來又大了不少。人的身體，竟可以雄壯一至於此，也屬罕見。

然後，他雙手緊握着拳，指節骨突出。他握得如此用力，以致指骨發出了「拍拍」的聲響——從這一點看來，他功力的深厚，遠在想像之上。

那時候，他現出了悲憤莫名的神情來。那怪人一問之下，大個子曹金福，竟然會有那樣的反應，倒是大出各人的意料之外。

五、血海深仇

接下來，曹金福所說的話，一個字一個字，個個如同悶雷一樣，聽得人耳際「嗡嗡」作響。他道：「血海深仇，要在從陰間來的東西上尋找線索！」

當那兩句話自他的口中迸出來的時候，由於他的雙拳握得更緊，所以骨節發出的聲響，也格外響亮，成了他那兩句話的「伴奏」。

而且，他那種咬牙切齒的神情，和充滿了仇恨憤怒的眼神，都令人感到震懾，具有很大的威力，令得他看起來，就像是一尊燃燒着熊熊的仇恨之火的復仇巨神！

一時之間，人人為之動容。各人之中，陳長青最樂於助人，立時踏前了一步：「你剛才說從陰間來的東西，是一面銅鏡，可是那『許願寶鏡』？」

曹金福在說了那幾句話之後，情緒要好一會才能平復下來。所以，在陳長青問了三遍之後，他才能緩過氣來回答：「我不知道……我沒聽過甚麼許願寶鏡！」

陳長青還想搶着問，但被衛斯理作了一個手勢阻止，他自己提出了問題：「你的血海深仇，能不能簡單地和我們說一說。我保證，只要有可能，我們都一定會幫你！」

他在這樣說了之後，又向那怪人看了一眼。

用意很明顯，他和齊白、陳長青熟稔，可以代表他們說話。那怪人雖然說是亞洲之鷹派來的，但是連姓名都不肯說，衛斯理自無把握代表他的意思。但話既已出口，也就想看看他的反應。

那怪人的反應很怪，看來像是正在出神想甚麼，也像是沒有聽到衛斯理的話，目光並無目標，一張怪臉，也漠然毫無表情可言。

曹金福又深深吸了一口氣：「仇人用極卑鄙、極殘酷的手段，殺害了我祖父的合家！」

他在說出這「血海深仇」的簡單經過時，他年輕的臉上，又充滿了悲憤，兩道濃眉，聚在一起，眉心所起的疙瘩，足有鴿蛋大小。

可是他的話，卻令所有聽到的人，都呆了一呆——因為這句話，不合邏輯之至。

若是有人殺害了他祖父「合家」，那麼，他自何而來？這道理再簡單不過！

所以，一時之間，各人都以疑惑的眼光向他望去。衞斯理向那怪人望了一眼，只見那怪人神情冷漠如故。

陳長青想開口問，可是曹金福的那種神情，卻又叫人肯定他不是在胡說八道，一時之間，竟不知如何向他發出責問才好。

曹金福接下來道：「只有先父，那年只有七歲，目睹慘事，事後他雖然劫後餘生，僥倖保住了一條命，從全家人的屍體中爬了起來。但是他在我們懂事之後就告訴我們，他在那時，其實也已死了，活下來的，只不過是行屍走肉，支持他能活下去的唯一力量，就是報仇雪恨的心願，那成了他的靈魂！」

曹金福的這番話，說來情詞並茂，雖然詳細情形還不知道，但已很是驚心動魄。

人心險惡，用陰謀詭計，殘酷手段去對付別人的事，在地球上幾乎每一分鐘都有發生。曹金福所說的情形，特別令人吃驚的是，那必然是發生在很久以前的事，因為曹金福的父親，當時也不過七歲。

如果當時目擊慘案的是曹金福本人，那麼他現在的這種切齒痛恨和悲憤，自然很容易了解。七歲的孩子，若是機靈的，已有很高的記憶能力，自然能把親人被殺害的恐怖情景，深留腦海！

但曹金福如今的仇恨，只是來自當年劫後餘生者的傳述，他的仇恨，仍然如此強烈，那只說明，他父親一定曾把目擊慘事的每一個細節都告訴了他。而且必然是在他幼小的時候，就開始不斷地在告訴他上一代的慘事！

只有這樣，曹金福的仇恨，才會如此等同身受！

這種情形，相當可怕——衞斯理不禁暗暗皺眉，他一直不是很贊成冤冤相報，算起來，那至少是六七十年之前的事了，卻要令一個二十歲左右的青年，負上報仇的責任，這不是很公平。

衞斯理也想到，曹金福練就了一身武功，看來並沒有甚麼現代知識，只怕也是為了報仇而作出的安排。這就更可悲了——在現代社會，要報血海深仇，不是單靠拳頭夠硬就可以成事的！

也可以由此聯想到，曹金福的父親，死裡逃生之後，心態已極不正常，這一點，他倒頗有自知之明，知道自己等於早已死了！

衞斯理知道事情必然很是複雜，他用力一揮手：「令尊這一代，未能報仇？」

曾金福神情苦澀：「別説報仇，連仇人下落何處，都沒有找出來！」

陳長青又想說話，再被衞斯理所阻，衞斯理道：「慘事發生至今有多少年了?」

曹金福的回答，令得所有的人，都為之心中發怵，一時之間，人人說不出話來。

曹金福連想也沒有想，脫口就答：「六十年七個月和九天。」

令人人吃驚的並不是事情已過去了超過六十年，而是他把時間過去了多久，記得如此詳細，如此清楚!

由此可知，他無時無刻，都把這事放在心上——只怕他自從幼年起，每天早上醒來的第一件事，就是加多一天，這才能脫口而出!

衞斯理率先，長嘆了一聲。接着，齊白和陳長青也長嘆。那怪人雖然沒有出聲，可是他的神情，也有着深切的哀惘。

各人的心意全一樣：曹金福性子率直，是一個很純樸的青年，就算他一直只是在鄉間或是荒山之中習武，沒有甚麼現代知識，但以他的武術造詣而論，他也必然是大有前途的有為青年。

可是現在，他的整個心靈，卻被六十年前的一件慘事所盤據，他整個人除了報仇之外，幾乎完全不能再進行別的活動了！

這是極其可惜的事，等於令曹金福完全活在過去，沒有將來！

在各人長嘆了一聲之後，曹金福現出莫名其妙的神情，顯然不明白何以各人忽然要嘆息。

衞斯理先重覆了一句：「你的血海深仇，原來是六十年之前的事了！」

曹金福應聲道：「千秋萬載，仇深如海，不會稍減！」

衞斯理揮着手：「這……是你家的『家訓』！」

曹金福答得很率直：「是，先父自小就這樣教訓我們，血海深仇，非報不可。」

衞斯理再道：「令尊沒能報仇，這報仇的責任，就落到了你的身上。」

曹金福立時道：「是！」

他的回答，雖然只是一個字，可是極具氣勢，可以聽得出他心中那種堅決的信心。

衞斯理向各人作了一個手勢，不讓他們插言——各人都已聽出了衞斯理和曹金福的對話之中，有極不合情理的情形存在。而這種不合情理之處，曹金福卻像是未曾覺察！

衞斯理又問：「若是你也未能報仇呢？」

曹金福一字一頓：「就由我的子孫繼續報仇，直到成功為止。」

衞斯理吸了一口氣：「小朋友，你可曾想到，事隔六十年，當年行兇之人，可能早已死去。令尊遺命，世世代代，都要報仇，那意思可是要向仇人的後代報仇，血債要仇人的後代來償還？」

曹金福宣稱不論隔多久，都要達到報仇之目的，那除了衞斯理所說的那種情形之外，實在不可能有別的情形。因為當年殺了曹金福祖父全家的仇人，不會千年不死留在那裡，等曹金福或他的子孫去報仇！

而如果向仇人的後代尋仇，那種行為，不為現代社會的行為標準所容。

不論曹金福心靈深處報仇的慾望多麼強烈，衞斯理都會勸他打消這種念頭。

曹金福倒是有問必答，他搖着頭：「不！不是向仇人的後代尋仇。」

各人都不由自主，吞了一口口水，一時之間，難以明白曹金福這樣說是甚麼意思。

齊白由於他職業敏感的啟發，所以立即有了想法：「哦，開墓發棺，戮屍報仇？」

曹金福睜大了眼：「不？」

這也「不」，那也「不」，他這個血海深仇，要如何報法，以在場各人之能，也無法設想。

那怪人在這時，聲音陰惻惻地說了一句話：「他家的仇人不會死！」

這時，只有衞斯理的心中一動，齊白和陳長青兩人，立時向那怪人怒目而視——怪他在這種情形之下，不盡心盡意幫助曹金福這青年，卻還要說這樣的話去調侃曹金福。若是觸及曹金福心中的傷痛處，兩人可能又要大打出手！

可是接下來，曹金福的反應，更令人目定口呆！

曹金福沒有生氣，只是現出極度訝異的神情，望着那怪人，用很低沉的聲音，緩慢地道：「是，我家的仇人不會死——」

他說到這裡，略頓了一頓，陡然提高了聲音：「叔台你怎麼知道？」

看來，他對於報仇當真是敏感之極——「仇人不會死」的這種情形，不可思議之至。那怪人居然知道，自然有可能知道仇人的下落，所以他才疾聲發問。

各人的思路，一時之間仍轉不過來，不知道「仇人不會死」是甚麼意思。

那怪人見問，若無其事地道：「我只是這樣猜，要不是仇人不會死，如何等你或你的子孫去報仇？」

陳長青再也忍不住，大叫了起來：「別打啞謎了，究竟是怎麼一回事？」

曹金福道：「我沒打啞謎，你們一直沒問我仇人的情形，不過也快說到了，那仇人——」

他說到這裡，神情重現悲憤：「那仇人從陰間來，所以不會死！」

各人之中，陳長青和衞斯理最近都和一個從陰間來的人打過交道。衞斯理心知其中還有蹊蹺，陳長青卻比較冒失。

他一下子就叫嚷起來：「李宣宣！殺你祖父合家的人是一個女人，一個美女，她的名字是李宣宣！」

陳長青叫得手舞足蹈，興高采烈，以為一下子向曹金福提供了大仇人的線索。

可是曹金福聽得陳長青這樣說，神情怪異莫名，把陳長青當成了瘋子一樣！

等陳長青叫完，他才道：「不是，先父說，仇人不是女人。」

陳長青「啊」地一聲，知道自己弄錯了，可是又不知道錯在何處，張大了口，說不出話來。

衞斯理的聲音，聽來有點遲疑，他也不對曹金福說，而是對陳長青說：「你弄錯了，不是李宣宣，是李宣宣的前一任！」

一經衞斯理提醒，陳長青重重一掌，擊在自己的大腿之上：「照啊！不是李宣宣，是李宣宣的前任！」

他們兩人這樣一說，看神情，接觸過衞斯理最近記述的齊白和那怪人，也明白了。

曹金福當然不明白，他疑惑之極，也緊張之極：「甚麼意思？你怎知道我仇人是誰？你們對我仇人……知道得多少？」

他說到後來，聲音都發顫了。

衞斯理道：「請你先告訴我們，你自己對仇人所知有多少？」

曹金福毫無意義地揮着手，很是激動：「我所知不多……家父所知不多，他那時還小，目擊的悲慘情景，又給他極大的刺激。他只知道仇人……來自陰間，事情和……爭奪一面……銅鏡有關……單憑這點線索，實在無法找到仇人……可是我卻又非報仇不可！」

曹金福說到後來，不但激憤，而且很是悲苦。

陳長青和衛斯理兩人互望了一眼，陳長青先叫：「王大同的祖父！」

衛斯理也叫：「祖天開！」

這種情形，看在曹金福的眼中，他人並不蠢，立時叫了起來：「你們知道很多！」

衛斯理點頭：「是，知道很多，甚至比你想像的多，可以全告訴你！」

曹金福全身發抖，一時之間，竟至於出不了聲。

衛斯理確然知道不少，更重要的是，有一些他的推測，在「從陰間來」、「到陰間去」這兩個故事之中，只是約略提到。因為他當時再也想不到六十年前的事，忽然會來到眼前！

祖天開和他口中的王老爺（王大同的祖父），當年得到那面「許願寶鏡」的經過，祖天開說來支支吾吾，不清不楚，只說是經過劇烈的爭奪。衛斯理當時就想到，其中難免不充滿了陰謀詭計，腥風血雨！

那「許願寶鏡」來自陰間，是被一個陰間使者帶到陽世來的。那個陰間使者，是李宣宣的前任。李宣宣到陽世之目的，就是要找回「許願寶鏡」。所以，和「銅鏡」有關，又來自陰間的人，必然是李宣宣的那個前任。

從時間脗合這方面來看，祖天開、王老爺，曹金福的祖父，那個前任陰差，都曾發生過關係。結果是王老爺和祖天開得了寶鏡，前任陰差不知所踪，曹金福的祖父合家遇害。中間的經過如何，不得而知。

但如果祖天開是其中一方面的話，那麼，事情是他六十年前的現身經歷，他一定還記得。而他一直不肯清楚說出來，可知其中必有不可告人之處！

六十年前的仇殺，在六十年之後，還可以找到當年行事的當事人，已經有點不可思議，事情再和從陰間來的陰差有關，當然更加神秘莫測！

六十年前發生的事，必然曲折離奇，驚心動魄之至。本來，看情形祖天開是再也不肯說的了，但假如曹金福出現，就大不相同。若是祖天開當年真的做過喪心病狂的虧心事，他也非說不可！

衞斯理心念電轉，一直盯着他在看的曹金福，已急得滿面都是豆大的汗珠。

衞斯理拍着他的手背，他一翻手，把衞斯理的手，緊緊握在手中。衞斯理忙道：「你放心，一定告訴你，你不必急在一時，先說說你自己，你多大了？」

曹金福答：「十九。」

衞斯理嘆了一聲：「小朋友，自你懂事以來，你只想着一件事？」

曹金福道：「是，我身上有血海深仇，那是先父在我一能說話就教我的，我的一生，是為報仇而生，是為報仇而活。為了報仇，我可以不理任何事，那仇人從陰間來，我為了報仇，就算要追到陰間去，也在所不惜！」

衛斯理道：「在你知道更多資料之後，你會知道，六十年前所發生的事，可能複雜之至，有許多隱秘。」

曹金福理所當然地道：「那我不管，我只是要報仇！」

衛斯理再問：「你的教育程度如何？」

曹金福眨着眼：「我沒上過學，我沒時間上學，我也不像姐姐，她喜歡讀書，練完功之後，一有空就讀書。我只是練功夫，不斷地練，把自己不當人的那樣練！」

以他十九歲的年齡，已經有了這樣的功力，可知他在武術鍛鍊上下了甚麼樣的苦功。

衛斯理嘆了一聲，作了一個手勢，請他進一步介紹自己。曹金福道：「我也不是不識字，先是父親教我，父親死後，是姐姐教我。我自小便拜在師父門下。父親說，那年，姐三歲，我半歲，父親帶着我們，跪在師父門前，跪了七七四十九天，才蒙師父收我們姐弟為徒——那時，師父早已不收徒弟了。」

陳長青皺眉：「你才半歲，怎麼跪四十九天？」

曹金福道：「我自小五大三粗，是粗坯，三個月就會走，四個月就會跑會跳，半歲看起來比平常三歲的孩子還要大！」

從他現在的體型來看，曹金福的這番話，倒也可以相信。齊白有點駭然：「令姐的身型——」

曹金福道：「也高，但是我在十歲那年已高過了她。」

陳長青揚眉：「沒聽你提你的母親。」

曹金福神情並不特別難過：「我沒有見過媽，我出世不久，媽就死了！我爸在我十五歲那年，也死了。」

曹金福說到他父親之死時，神情黯然，顯得很是傷心。

也就在那時，別人沒有注意，衞斯理看到那怪人忽然像是想說甚麼，但是張大了口，立即又用手去遮，像是若慢一步，就會有不該說的話會冒出口來一樣。

衞斯理心中略疑，那怪人已伸手取起了茶几上的那水晶瓶來，挾在脅下，自言自語：「這裡沒我的事了，我替鷹送酒去！」

他搖搖挸挸，也不向人道別，就走了出去。

齊白、陳長青和衞斯理三人，互望了一眼，都有留下他的意思，但又想不出有甚麼理由不讓他走，所以只好目送他離去。衞斯理始終覺得那怪人甚是古怪，莫測高深，不知是甚麼來路。

六、「苦主來了！」

曹金福吸了一口氣：「是師父對我說，我快二十了，若是要報仇，不能老躲在山裡，叫我出來，見見世面。我就離開了天河口，先到法國去找姐姐，那地方我住不慣，姐才差我到這個城來，叫我來喝酒，我酒量可好啦。姐說，參加這酒會的能人異士多，必然會有眼光的人和我做朋友。可不，認識了各位，還有了仇人的線索！」

曹金福何以一聽到有東西是來自陰間的就反應如此強烈，到這時真相大白了！

他又以異切的目光望着各人，陳長青提議：「讓他跟我回去，我把一切經過告訴他！」

衛斯理同意，他望着曹金福：「小朋友，話可得說在前頭，當你知道了一切之後，和我商議了才能行事，你自己可不能亂來！」

曹金福一時之間，不知衛斯理這樣說是甚麼意思，他想了一想，陳長青已道：「放心，我會教他該怎麼做！」

衛斯理望向齊白，齊白搖頭：「我只對墳墓有興趣，對於陰間，我還不想去！」

衛斯理說得很正經：「這件事，研究下去，可能會使地球人改變在不願意的情形下靈魂也非去陰間不可的情況！」

齊白仍然搖頭：「衛斯理，世上有所謂『偉人』，老是喜歡救人民於水深火熱之中。你更偉大，竟然想要拯救靈魂了！」

衛斯理苦笑：「我至少想自己處理自己靈魂的去向！」

齊白哈哈一笑，高舉右手，擺出呼叫口號的姿勢，叫：「為爭取靈魂自由而努力！靈魂自由萬歲！」

叫了之後，他並不放下手來，盯着衛斯理：「人類為了爭取人身自由，鬥爭了幾千年，尚且未竟全功，在地球上還有大片土地上，一小撮人把大批人當奴隸！你竟然要為靈魂爭取自由，不是太奢求了嗎？」

衞斯理回答得很鎮定：「總要有人開始的！」

齊白慢慢放下手來，口中喃喃有詞，唸的是中國清朝末年革命家譚嗣同的名言：「革命是要流血的，就請從我開始！」

他腳步有點歪斜，畢竟三日三夜不停的喝烈酒，不是任何人都可以若無其事的。

衞斯理揚聲：「等一等！」

齊白站定了身子，但並不轉過身來。衞斯理道：「你對那隻盒子，一點概念也沒有？」

齊白道：「沒有——嗯，那盒子，像是一個容器，要來放置一個環，可能是玉環，也可能是金屬環。」

他說到這裡，才轉過身來：「那不是古董，不是在人類歷史上曾出現過的東西，所以鑒別它不是我的專長。它從陰間來，衞，你已經假設了，『陰間』是由一股神秘而強大的力量創建的，這股力量，來自地球之外！」

衛斯理吸了一口氣，點了點頭——那股力量，當然是來自外星的力量。這一點，已經得到了證明。那「許願寶鏡」的功能之多，地球人連想像都難，像「陽世——陰間」的自由來去，空間的突破。地球人的科學水準，甚麼時候才能到達這一地步？

餘此類推，那隻看來平平無奇，但是卻沉重無比的盒子，也可能是任何東西。正如齊白所說，那並非在人類歷史上出現過的物事，他齊白再見多識廣，也無以名之！

衛斯理揮了揮手：「對於那個盜走了盒子的瘦老頭子，你有甚麼概念？」

齊白皺着眉：「沒有，我和江湖人物接觸並不廣，以前從來也沒有見過這個人。雖然和他一起喝酒，可也沒有加以特別注意。」

衛斯理望向陳長青和曹金福，曹金福一副努力在想的樣子。陳長青則擊敲着自己的頭：「這老頭子實在太普通了，所以根本沒注意他！」

衞斯理感嘆：「這也是他能神不知鬼不覺，下手偷東西的原因，因為根本沒有人注意他！」

曹金福忽然道：「我曾聽得他好幾次，在哼一段曲子，曲調是這樣的——」

他說着，就哼了起來——後來，和曹金福相處久了，各人才知道這個看來虎頭虎腦的大個子，不但武術超羣，而且智力極高，記憶力尤強，並不是一個只有氣力沒有智慧的莽漢。

像對那個瘦老頭，連齊白和陳長青都說不上甚麼來，曹金福卻注意到了一些細小的情節。而且，還能把留意到的曲調哼出來！

曹金福才哼了兩句，齊白、陳長青和衞斯理，都已聽出，那是一首韓國的民歌，極其普通，歌名是「阿里郎」。這一點，曹金福反倒不知道，那自然是他和外界的接觸實在太少之故。

那瘦老頭曾一再哼一首韓國的民歌，那代表了甚麼呢？各人也設想不出。齊白大聲道：「就此別過，後會有期！」他大踏步離去。這時，廳堂之中，愛酒人協會的會員，也走了十之八九了。

本來，人頭湧湧，語聲喧天，笑聲震耳，何等熱鬧。這時，已變得冷冷清清，那種人去樓空的感覺，分外使人感到空洞。

陳長青嘆了一聲：「有聚必有散，我們索性到最後才走，可好？」

衞斯理坐了下來——齊白找到的那兩大罈古酒，除了被那怪人帶走的一瓶之外，此時，只剩下他手中的半杯了。他順口答應了一聲，慢慢呷着酒，讓清洌芳香的神奇液體，流入體內。

他在想：熱熱鬧鬧的酒會，竟會衍生出那麼多意想不到的事，那可以說是世事難料的典型了！

他們三人確然最後離去，衞斯理回家之時，已是天色將明時分了。帶着幾分酒意，他把一切經過都告訴了白素，並且發出了世事難料的感嘆。

白素是最佳的聽眾，絕不打岔、插言。衛斯理的敍事本領高強，知道如何化繁為簡，所以當他説完，陽光才照射進來。

白素的第一句話是：「那盒子確然是瘦老頭盜走的。我認為，那瘦老頭是韓國『金取幫』的高手。」

衛斯理挺了挺身子，他聽説過「韓國金取幫」，那是一個組織嚴密之極的幫會，幫眾不多，但都是手段出神入化的賊或扒手，只要是他們認定了的目標，據説沒有不能到手的。

這種説法，自然是江湖傳説的誇大，但是在「扒竊」這個行為上，「金取幫」的技術，確然是世界之冠。衛斯理以前，曾結識過號稱全國第一的老扒手古九非，提起「金取幫」的扒竊技巧，也大是嘆服。

又聽説這個神秘幫會的幫主，竟是一個極美麗的女子，難道就是那個美婦人？

衛斯理立即把這一點提了出來，白素卻搖頭：「不，我不認為那是傳説中的金取幫主，這……美婦人的來歷，我一時之間，也沒有概念。」

衞斯理又問：「那怪人呢？」

白素笑了起來：「天下之大，能人輩出，我也不能全說得出來歷。有的能人，更是難以想像，像你所說的那個身形魁偉之極的大個子，就叫人難以想像。」

衞斯理道：「好，不論人，只論事，六十年前的血海深仇，又是怎麼一回事？」

白素沉默了好一會，才道：「這事……我看更是曲折複雜之至——」

她說到這裡，略停了一停，忽然道：「走，我們找祖天開去！」

衞斯理也早料到祖天開可能是當年事件的參加者之一，如今白素忽然有此提議，可見她的想法一致。

衞斯理道：「是不是等陳長青把一切經過都告訴了曹金福之後，再和他們一起去？」

白素眉心打結。衞斯理道：「我已警告過曹金福，在知道了一切之後，不能亂來，而且，陳長青也不會隨便把祖天開在哪裡告訴曹金福。」

衛斯理的意思是，就算曹金福推測到了祖天開和他的血海深仇有關，他也不能去找祖天開報仇。

白素吸了一口氣：「曹金福的體型如此突出，那自然是遺傳的特徵，祖天開的年紀已經很老，如果他當年的作為，真是極其不堪，此際也定然深有悔意──」

白素才說到這裡，衛斯理已經明白了！

當年為了爭奪「許願寶鏡」，祖天開和王老爺，曾經有過不堪行為，用過卑鄙手段，這幾乎已是可以肯定的事，祖天開如今大有悔意，唸經禮佛，也是為此。

如果祖天開當年虧心事的主角之一，是曹金福的祖父，曹金福忽然在他面前出現，他大有可能以為六十年前的被害人，追魂索命來了，一驚之下，他可能就此被嚇死！

那就有必要，先給他心理上有一個準備——不論祖天開過去做過多少壞事，現在，那些事只有他一個人知道，他若是猝然死亡，那就成為永遠的秘密了！

一想通了這一點，衛斯理一揮手，也道：「走，找祖天開去！」

他們預計陳長青把事情的經過告訴了曹金福之後，必然會來找他們，所以留下了字條，叫兩人來到，若是不見他們，務必不可離去，等他們的訊息！

兩人直趨王大同的屋子，王大同進了精神病院之後，整幢屋子，只有祖天開一個人在，雖然只不過半年多，可是乏人整理，野草叢生，看起來，也就有了荒涼之感。

兩人在鐵門之外，等了好久，才看到祖天開高大的身形，搖搖擺擺走出來。

半年不見，老人瘦了不少，雙眼深陷，顯得失神落魄。白素低聲問了一句：「是他高，還是曹金福高？」

衞斯理回答：「曹金福更高。」

白素道：「假設曹金福的祖父也是高個子，可有甚麼具體的概念？」

衞斯理想了一想：「祖天開和曹金福的個頭，在中國人之中，算是罕見——這或者可以聯想到高個子互相欣賞，可以成為好朋友！」

祖天開已來到了近前，白素對衞斯理的話，不置可否。

祖天開看到了衞斯理和白素，竟然沒有開門的意思，而且不等兩人開口，就已經揮着手：「老年人不喜打擾，兩位請回吧。」

衞斯理冷笑一聲，就要發話。

白素卻先笑了一下：「祖老先生，你先和我們見一個面，相信會有好處！」

祖天開看來有點神情漠然，連臉上的肌肉都是僵硬的，眼神呆滯，他緩緩搖了搖頭，聲音乾澀：「風燭殘年之人，好處壞處，都是一樣。」

白素鼓掌：「說得好，真是看開了，人生自古孰無死，祖老爺子得享天年，夫復何求，陽世間當然再也沒有甚麼可以打動你老人家的心了！」

白素說到這裡，向衞斯理望了一眼，他們兩人默契天成，衞斯理立時接了上去：「可是，死了之後，難免要到陰間，那可怎麼說呢？」

祖天開的面色，本來就已經不怎麼好看，衞斯理這句話一出口，他的臉色，更是難看之至。剎那之間，身子一晃，眼看要跌倒，尚幸雙手伸得快，扶住了鐵門的鐵枝。

他的身子不住在劇烈發抖，他畢竟是練過高超武功的人，這時雖然年事已高，但是一身神力還在，所以隨着他的抖動，鐵門竟也為之晃動。

他張大了口，先是發出了一陣怪聲，然後才發着抖，道：「你們……你們怎麼……那樣……殘忍，來消遣……我老人家？」

白素先是長嘆一聲，接着，伸手隔着鐵門，在祖天開的胸口，點了一下，語音誠懇：「祖老爺子，我們不是來消遣你，是來幫你消除心中的那個疙瘩，好讓你不再驚恐，不再午夜驚醒！」

白素的手，伸進鐵枝去的時候，衞斯理不禁大是緊張，因為祖天開若是忽然出手，很容易扣住白素的手腕，那是再要對付他就不容易了。

衞斯理在一旁，小心戒備，祖天開只是直勾勾地望着白素，他抖得更劇烈，老大的骨架子，像是要散開來一樣，隱隱可以聽到格格的聲響。可是他卻還在口硬：「為人不作虧心事，我為甚麼要午夜驚醒？」

他這句話雖然說得口響，但是也要分好幾次才能說得完。衞斯理一聲冷笑：「祖天開，你做過虧心事，老實告訴你，苦主來了！」

在中國的語言之中，「苦主」是一個專門名詞，專指被害人的家人而言。祖天開是老江湖了，自然明白這個詞的意思。

一時之間，他像是兜頭被雷火擊中一樣，先是一鬆手，連退三步，不由自主，「咚」一地坐倒在地。可是屁股才一着地，整個人又直彈了起來，站得挺直。

在這樣的情形下，祖天開自然不會再有心思去賣弄武功，他的動作，全是自然的反應。

衞斯理看在眼裡，心中暗喝了一聲采，心想這老頭子武術根基還是有的，別看那一下挺立平平無奇，實在很難做到。

他站了起來之後，又向前衝來，雙手再握住了鐵枝。忽然之間，他不但露出了笑容，而且居然發出了笑聲，那情景當真是詭異絕倫。

他一面笑，一面道：「你們別嚇我，嘿嘿，我自己也別嚇自己，嘿嘿，哪裡還有甚麼苦主？」

衞斯理和白素，一聽得祖天開這樣說，不禁齊齊發出了一聲長嘆！

他們嘆的是，祖天開說的是「哪裡還有甚麼苦主」！

若是他說「哪裡有甚麼苦主」，那還不足以肯定他昔年做過傷天害理之事。

可是他卻說「哪裡還有甚麼苦主」！

那意思是，當年早已趕盡殺絕，斬草除根了，哪裡還有甚麼苦主留下來！

祖天開畢竟心虛，一見衛斯理和白素嘆息，又一副胸有成竹的神情，他聲音發顫：「你們知道了……甚麼？」

衛斯理和白素，其實甚麼也不知道，只不過兩人推理能力強，所以推測當年在爭奪許願寶鏡的過程中，祖天開和王老爺曾用了卑鄙兇殘的手段。兩人甚至不知道何以曹金福會認定從陰間來的前任陰差才是主兇。這其間的過程，兩人一無所知。

可是祖天開這樣一問，倒給衛斯理和白素，大大製造了發揮的機會。

衛斯理先道：「不算很多，只知有人一時疏忽，沒想到倒在屍體中的七歲孩童，竟然沒死！素，這也可以說是天意，是不是？」

白素應聲道：「天網恢恢，疏而不漏！」

衛斯理又道：「當年，天留下了這孩子，比他更小的都死了，真下得手啊！」

白素仰頭看天：「天道好還，必有報應！」

祖天開慘叫一聲：「求求你們，別說了！」

衞斯理和白素異口同聲：「苦主姓曹，我們已經見過了！」白素立時補充一句：「叫你殺了合家大小的，是你的把兄弟吧！」

祖天開聽到這裡，又是一聲慘嘷，雙手掩面，頭在鐵門上不斷撞着，撞得鐵門咣啷亂響，自他的喉間，發出一陣陣可怕的聲音。

衞斯理在白素的臉頰上親了一下，表示他對她的欽佩。剛才，白素曾提及曹金福的祖父，應該也是高個子，祖天開是高個子，兩個高個子之間，會有甚麼關係。

衞斯理只是隨口答了一句，白素未置可否，而這時，她忽然說出了祖天開和曹金福祖父是「把兄弟」（結拜弟兄）的關係。而且，這句話又顯然擊中了祖天開的要害！

令衞斯理佩服的是這一句話，是經過縝密的推理，才能得出的結論——江湖上你爭我奪，視同等閒，唯有在自己人手中巧取豪奪，那才卑鄙。祖、曹之間，若不是關係密切，仇恨也不會如此之深。

祖天開還在撞頭，衞斯理伸出手去，按住了他的頭：「快開門吧，看看事情是不是有挽回的餘地！」

祖天開抬起頭來，打開了門，退後幾步，轉過身，垂着頭，一言不發，向前走着。

衞斯理和白素看着他佝僂的背影，十足是一個衰老的老人，而且，越是高大的人，佝僂起來，也格外蒼老。但兩人又知道，不論他現在看來多麼蒼涼，他早年確曾犯過嚴重的惡行！

等到進了屋子，祖天開先取過一瓶酒來，大口喝了三口，一抹口角，卻又恢復了常態，雖然說不上甚麼豪情勝概，可也不致於身子發抖。

他用很鎮定的聲音道：「叫曹普照的兒子來殺我吧，我也該遭報應了！」

衞白二人這才知道，曹金福祖父的名字是「曹普照」，兩人互望了一眼，都搖了搖頭，表示沒有聽說過這個人。

衞斯理道：「不是曹普照的兒子，是他的孫子！」

祖天開「啊」地一聲：「那也一樣，反正是他的後人，都一樣。」

他說着，又大大地喝了一口酒：「只是我還有點不甘心，那些年來，我一直沒找到那個人！」

七、黃鶴樓頭吟嘯

衞斯理和白素，都沒有出聲，因為他們都不知道祖天開口中的「那個人」是甚麼人。

他們互望了一眼，等待祖天開進一步解釋。只見祖天開面肉扭曲，現出極痛苦的神情——那時，他的樣子很可怕，若是要拍甚麼恐怖電影，他根本不必化妝，就可以收到令人震慄的效果。

等了一會，不見他有表示，看他的神情，像是正沉浸在往事之中。衞斯理忍不住問了一句：「那個人？你是指王大同的祖父？」

衞斯理這句話一問出口，就知道自己問錯了。因為剛才祖天開說「一直沒有找到那個人」，那當然不會是王大同的祖父——祖天開是一直和王老爺在一起的！

可是，世事當真難料得很，有時誤打誤撞，錯有錯着，雖然事後回想起來，仍不免啼笑皆非，但當時確然使事態大有突破！

衞斯理說了這一句話之後，祖天開順口應了一句：「不……不是王妹妹。」

祖天開在回答的時候，一定全副心事，仍放在回憶往事上，是在精神不集中的情形之下，順口說了出來的。

可是這句話才一出口，他卻陡然震動，立時向衞斯理和白素兩人望來，神情古怪之至。

衞斯理和白素兩人乍一聽得祖天開那句話，也是一怔，一時之間，會不過意來，可是再一看到祖天開那種古怪之至的神情，他們也就明白了！

在無意之中，祖天開稱王大同的祖父為「王妹妹」——那當然不是王老爺的真名字，哪有大男人的名字叫「妹妹」的？

那是一個親密之極的稱呼，情形如賈寶玉稱林黛玉為林妹妹一樣！

在祖天開和王老爺之間，竟然出現了這樣親密的稱呼，兩人之間的關係如何，也可想而知。衞斯理和白素，剎時之間，都有一種極不舒服的感覺！

祖天開和王老爺，是同性戀者！

一明白了這一點，許多古怪的現象，都迎刃而解了。例如祖天開和王老爺之間，主僕不像主僕，朋友不像朋友的關係。

又例如祖天開對王家三代，忠心耿耿，把王家的下一代當成了是自己的後代。再例如他對王大同的婚事，如此超乎尋常的緊張。以及像「許願寶鏡」這樣的寶物，他甘心讓給王老爺先使用。

這一切，都是為了王老爺是他的「王妹妹」！

王老爺的情形，比祖天開複雜。祖天開是徹底的同性戀人，而王老爺則是雙性戀，所以他也娶妻生子。

同性戀這回事，科學家已證明是受到遺傳密碼的影響而產生的人類行為，不由個人的意志而控制，也不能稱之為不正常，當然更不應受到歧視。

但當時，衞斯理和白素，還是感到了一陣子不舒服。後來，他們討論，交換了當時相同的感覺，衞斯理搖頭：「我自問並不歧視同性戀者，為甚麼還會有這樣的感覺？」

白素想了一想：「我想那是由於太意外了，像祖天開這樣的一個大漢，又那麼老了，怎麼也和同性戀扯不上關係……太突然了！」

衛斯理仍搖着頭——並沒有甚麼意義，正如白素所說：「太突然了。」

他嘆了一聲：「同性之間的戀情，也很有些迴腸蕩氣，至死不渝的。」

或許是由於衛斯理感嘆得太深切了，白素立即張臂，輕抱住了他。

衛斯理笑：「放心，我才不會去找——」

白素一伸手，掩住了衛斯理的口，沒讓他再說下去。

當時，兩人明白了祖天開和王老爺的這種關係，有了不舒服的感覺，神情自然不免也有點古怪。

雖然同性戀關係，在中國古已有之，歷史上都有明文記載，並不是西風東漸之後從西才傳過來的，而且也一直十分公開，反而一直到了近百年，才被社會普遍歧視，被當作是見不得人的事。這種社會風氣是為何形成的，很是莫名其妙。

既然社會風氣如此，那種關係自然也成為不可告人的秘密，祖天開無意之中洩露了，一時之間，他手足無措，不知如何才好。

衞斯理和白素同時也想到，祖天開一定極愛戀他的「王妹妹」，可以想像的是，「王妹妹」就算要他赴湯蹈火，他也不會拒絕！

祖天開揮着手，在古怪的神情之中，先是極勉強地擠出了一個難看之至的笑容，然後道：「看，我竟然……竟然……」

他想掩飾，可是卻又實在不知道如何措詞，更是尷尬。白素若無其事地一笑：「男孩子，從小家裡怕他多病痛，取小名叫妹妹，也多的是。」

祖天開一聽，感激莫名，連聲道：「是！是！」

衞斯理沒有白素那麼厚道，而且，他知道，再在這個秘密上掩掩遮遮，對了解當年發生的事，並沒有幫助，還是挑明了的好。

所以他提高了聲音：「其實，兩個男人之間，有超乎朋友的感情，也不算甚麼，這種事，只要不妨礙別人，大可我行我素！」

當衛斯理的話說到一半的時候，祖天開樣子怪異，等到衛斯理講完，他才長嘆一聲：「冤孽，真是……前生的冤孽啊！」

衛斯理又道：「我曾遇到過兩個將軍，也有此好，那是由不得人作主的事！」

祖天開伸手在臉上重重抹了幾下，聲音像是從好遠好遠的地方傳來：「我一見到了他……就不能自主，是的，由不得人作主……那一次，他帶着一船貨，在運河遇了盜，恰好我經過……」

祖天開接下來的十來分鐘之中，就斷斷續續，很是凌亂地敍述着往事。那一樁往事，並沒有甚麼特別，無非是在兵荒馬亂的歲月中，一個商人遇上了盜匪的經過。

特別的是，在這次盜劫事件中，恰好叫祖天開遇上了，祖天開出手，救了商人，商人自然感恩，兩人就此相識。不單祖天開同性戀的因子發作，偏偏對方也有同性戀的傾向。

從此，就開始了兩人之間難分難捨的關係，一直到王老爺死，祖天開傷心得七天不進食，仍然未曾終止，而延續到王大同的父親……到王大同！

祖天開說完了這段經過，又連喝了幾口酒：「自此，我們就一直在一起，很是逍遙快活……說快活過神仙，也不為過，他對江湖上的事，甚麼都不懂，我就帶着他到處去開眼界……」

祖天開越說越是陶醉，從他的話去想像，當年的情景，應該是一個身懷絕技的偉丈夫，帶着他新婚的嬌小妻子，到處去遊歷享樂，風光無限——不論局外人怎麼想，他們確然是這樣用他們自己的方式在享受着人生。

那麼，怎麼又會和曹普照發生關係的？

祖天開把一瓶酒喝完，白素勸阻：「別喝太多了，喝多了，話說不清楚，你不把往事全說出來，只怕死也不會瞑目！」

祖天開居然聽勸，點了點頭：「是，非得竹筒子倒豆，一股腦兒說了出來不可，不然……真的是死不瞑目，衛夫人說得沒錯！」

妙的是，他話是那麼說，可是說了之後，卻又大大地喝了一口酒。

他抹着口，忽然又道：「那晚上，趕走了盜賊，進船艙，掌起燈來一看，我就呆了，以為是哪一個戲班中的花旦，他……長得好看，所以，我和他在一起，到處都招惹他人的眼光。」

王大同的祖父，如果從王大同的身上去找影子，那不失是一個俊俏男子，而在祖天開眼中看出來，自然更加「好看」了。

事實上，祖天開這樣的大漢，單是一個人，不論出現在何處，已經夠招惹他人的目光了，何況再和一個俊俏郎君在一起，那自是火上加油。

祖天開又舉起瓶來，但這一次，他沒有喝酒：「是在黃鶴樓，在樓上，我和他正在看江景，他學問好，會吟詩，吟詩的聲音又好聽——」

聽他說得肉麻，衛斯理忍不住道：「吟詩就吟詩，聲音又好聽到哪裡了？」

祖天開沒有聽出衛斯理覺得肉麻的反感（當局者迷），一本正經地道：

「是好聽，比唱戲還好聽，當時，就有不少人叫好，喝采，他唸的是……唸的是……」

祖天開伸手敲頭殼，他想不起那首詩來了。

古來頌黃鶴樓的詩雖多，但無過於「昔人已乘黃鶴去」了，衞斯理不耐煩：「是不是『白雲千載空悠悠』甚麼的那幾句？」

祖天開瞪大了眼，神情怪異──像是這首詩，別人都不會，只有他的「王妹妹」才會一樣！

他望了衞斯理一會，才道：「會這詩的人雖然多，但是誰也沒有他吟得好聽！」

衞斯理並不反對同性戀，可是這時，祖天開在沒口稱頌的，就算是一個絕色美女，他也會感到忍無可忍。他正想出言，結結實實譏諷一番，白素已輕碰了他一下：「從美的方面去設想一下當時的情形！」

衞斯理「哼」了一聲，剛想說「何美之有」，已聽得祖天開用十分神往的聲調在説着：「他洋化，愛穿洋裝，格外醒神，吟的卻是古詩，我不懂詩，可是也豪興大發，不禁引吭長嘯，一時之間，黃鶴樓上下，好幾百遊人，全都屏氣靜息，聽我們一嘯一吟。後來那人説，我們配合得那麼好，簡直是天人合一！」

聽得祖天開説得那麼有感情，衛斯理也不禁動容，立刻設想出六十多年之前，著名的勝蹟，黃鶴樓頭的景象來。在那時代，穿西服自然惹人注目，衛斯理腦中泛起的情景之中，代入了他曾見過的京劇大師，四大名旦之首的梅蘭芳的西服相片，俊俏非凡，玉樹臨風。

王老爺當年，當然不可能比得上梅蘭芳，但也必然英俊挺發，儀表出眾。而在他的身邊，則是一個彪形大漢。武林大豪，自有一股懾人的氣概，也不是尋常人所能及。

這樣的兩個人，憑欄而立，面對波光粼粼，帆影點點，江風習習，又當兩人心情最快樂的時候，一嘯一吟。此情此景，自然既有詩情畫意，也有豪情勝概，確是不可多得的情景。

衞斯理想到這裡，和白素互望，兩人都發出了會心微笑，顯然兩人的腦海之中都出現過同樣的畫面。

衞斯理不再譏諷祖天開，因為這樣的場面，不相干的人設想起來，也不免悠然神往。當事人在回憶時，自然格外陶醉，說起經過來，再肉麻也情有可原了。

衞斯理問了一句：「王大同的祖父，名字是——」

祖天開立即道：「他名字很雅，叫王朝。他告訴我，那字，不唸『朝廷』的朝，是唸早字音。」

衞斯理一聽，心中又忍不住好笑，「王朝」這個名字，只好算是特別，不見得有甚麼雅。

祖天開又道：「他自號『絳霞』。」

衞斯理不由自主，身子發了一下抖——這位王朝先生，看來早有女性化的傾向，哪有大男人取了這樣女性化的名字的？

看祖天開在說出王朝號絳霞之際，還十分自傲，衞斯理只好苦笑。白素卻道：「好，朝霞之中，以絳色的最美，他這號可取對了！」

祖天開一聽，滿是皺紋的臉上，全是笑容，連聲道：「衞夫人是有學問的，真懂！」

祖天開說着，還深深地吸了一口氣，閉上眼睛，神情陶醉之極。

過了一會，祖天開才道：「他一開始唸，我就長嘯，跟着他抑揚頓挫，他見我不換氣，知道我在逞能，所以故意放慢了來吟，我越嘯越有精神，等他吟完，我兀自拖了好久的尾音，直到靜下來好久，才有轟雷也似的采聲傳來。唉！采聲雷動，自然也驚動了遊人，那人就是這樣被吸引來的！」

祖天開在敍述之中，再度提及「那人」，自然就是他一直在找而找不到的「那人」了。

他第一次提到那人的時候，說是叫曹金福來殺他，他並不怕死，只是「不甘心一直找不到那人」——連死都甘心，可知「那人」在整件怪事之中，十分重要。

但是說到現在，除了知道他、王朝和「那人」是在武昌長江遇上，黃鶴樓頭初識的之外，那人是何方神聖，一無所知。

衞斯理性子急，想要催促，卻被白素連連使眼色阻止。

祖天開又道：「樓上樓下，在采聲之中，不少江湖中人認出了我來──我這樣子，容易叫人認出。那時，我在江湖上頗有名頭。認出來的人，紛紛前來行禮，有受過我大恩的，更當眾叩頭，一時之間，熱鬧非凡。他也很高興，在我身邊說：『一直只當你吹牛，原來你真是武林大豪，了不起！』聽得他那樣說，真是比喝了最好的酒還舒服──後來他教我，那是說如飲……如飲……」

他連說了兩次「如飲」，難以為繼，衞斯理提醒他：「如飲醇醪！」

祖天開道：「對，就是這句話！」

他說着，舐着唇舌，仍然在回味着這句話，過了一會，他才道：「就在這時，那人就出現了！那人……那人……那人……」

衞斯理嘆了一聲，祖天開也嘆了聲：「要不是那人出現，也不會有以後的事發生，所以提起他來，不免感慨。」

衞斯理不再催他，祖天開喝了一會悶酒，才道：「那人器度軒昂，看來不是富商巨賈，就是達官貴人，而且出言斯文。他走向前來，第一句話我就沒有聽懂，可是他卻一聽就和那人搭訕上了。」

祖天開口中的「他」自然就是王朝。可以想像，當時的情形是，那人走向前來，吐屬文雅，祖天開沒有聽懂，王朝聽懂了，就和那人攀談起來。

祖天開又道：「那人既然得他歡喜，我自然也對他客客氣氣，他請我們喝酒，說是很仰慕我們。他在喝了幾杯之後，指着我道：『閣下可以說是人中龍鳳了，若不是我早幾個月見到了另一個人，一定會托你做那件事。』」

衞斯理道：「等一等，你們坐下來喝酒，相識有一些時間了，難道還沒有互相請教姓名？」

祖天開道：「有，甚麼貴姓台甫了一陣子，那人說他姓陰，單名差。」

衞斯理道：「豈有此理，哪有人叫這個名字的？」

祖天開連連點頭：「是呀，後來我就問，哪有人叫這種名字的，我也不知有人姓陰的。可是他說：『他就是陰差。』」

衞斯理和白素互望了一眼，心中一動。

曹金福那血海深仇的主要仇人，是從陰間來的。他們推理的結論是，那人可能是李宣宣的前任，陰間使者，也可以簡稱陰差。

祖天開口中的「那人」是不是就是那個陰差？這「陰差」兩字，不是他的名字，是他的身分。

祖天開為人粗豪，大而化之，弄不清楚。王朝卻知道了那人的身分，所以告訴祖天開，那人就是陰差。

祖天開的敍述，雖然細碎零星，但是也漸漸說到骨節眼兒上來了！

衞斯理一揮手：「好，就算他叫陰差，請再說下去！」

祖天開皺了皺眉：「當時我極不喜歡這個名字，陰差，陰差，倒像是從陰間來的一樣。我也不喜歡那人老和他一起低聲說些我聽不到的話。我曾和他說，他笑着回答我：『他真是從陰間來的！』當真胡說八道之極！」

從這段話來分析，可以看出，陰差出現之後，和王朝合得來，和祖天開沒有那麼親熱，所以引起了祖天開的不滿和妬意。

自然，在這樣的情形下，王朝知道陰差的事，多於祖天開所知了。

祖天開道：「當時我心想，你有事要托我，還這般大模大樣，若是掉轉來，有事要求他，不知是甚麼模樣了。我並沒出聲。那人又道：『那另一個人，嗯，個子比你還高了半個頭！』我一聽這話就樂了，個子要比我還高的人，我看普天下很難有幾個，我有一個把兄，是當年在關中道上相識的，武功極高，個子比我還高半個頭，那……便是……曹普照了。」

祖天開在說到「曹普照」這名字之後，沉默了片刻，又喝了很多酒，一路囉囉唣唣，說如何和曹普照一見如故，肝膽相照，歃血結義的經過。又說有兩年，和曹普照携手並肩，闖蕩江湖，在江湖上威名大震，黑道中人更是聞名喪膽等等事蹟。甚麼夜挑了秦嶺的黑虎寨，甚麼消滅了巢湖的湖匪，八十八個湖匪，無一倖免等等。

他的這一部分敍述，每一段都是武俠小說中的上佳情節，可是衞斯理卻越聽越不耐煩，因為衞斯理不想知道那些事，只想知道以後的事。

他一伸手，自祖天開手中奪過酒瓶：「別說你和他如何並肩作戰了，說說何以你竟會令他合家大小，一起命喪吧！」

八、情義難兩全

衞斯理這話，當然說得很重，白素後來也怪他不應該那樣說。衞斯理分辯：「重症用重藥，他說個沒完，要是不狠狠阻止他，十天八天也不夠他說！」

當時，衞斯理這句話才一出口，祖天開便陡然靜了下來，喉際發出了幾下抽噎的聲音，啞着聲，含糊不清地道：「我……我是……情……義難兩全啊！」

若不是早已明白了祖天開和王朝之間的關係，還真不容易明白他的這句話。

但既已明白了情由，這句話就很容易明白——後來祖天開成了「血海深仇」事件中的兇手，原來竟是為了王朝，是王朝要他如此做的。王朝是「情」，曹普照是「義」，「情義難兩全」——他祖天開這個混帳王八蛋武林大豪，就捨義而取了情！

衛斯理自然而然，罵了祖天開，是因為祖天開為了順王朝之意，竟殺了曹普照合家大小，這是甚麼行為？

江湖上向來鄙視「重色輕友」的行逕，祖天開的重色輕友，可謂已至極點，難為他還有臉為自己的惡行開脫，說甚麼「情義兩難全」！

衛斯理並不掩飾鄙夷的神情，白素問：「事情總有一個緣起，因何而會情、義之間，有了兩難全的情形出現？」

祖天開道：「當時我一聽，就知道那人所說的高個子，八九不離十，會是曹普照，所以我知道：『那位好漢是姓曹吧？』那人一聽，大是訝異，我哈哈大笑，告訴他那是我的把兄！」

衛斯理咳嗽了一聲，示意祖天開快些轉入正題。

祖天開停了片刻：「那人接下來的一番話，決定了以後發生的事——我一時好奇，問了一聲：『你托我的把兄做甚麼事啊？』那人的回答，我到現在，每一個字都記得，那……畜牲答的是：『我托他把一件東西帶回陰間去……物歸原主！』那……畜牲！」

衛斯理和白素又互望了一眼，知道他們事先的分析，離事實不遠，那名陰差，確然是李宣宣的前任，身分特別之極，負有往來陰間和陽世的任務，和李宣宣一樣，是替陰間工作的。

（這個特殊而又神秘的身分，由於超出了人類的知識範疇之外，所以很難用一個名詞，或是三言兩語可說得明白的。但是在看了這個故事，和以前的幾個故事，或以後的幾個故事之後，必然會有相當概念，知道有這種身分的人在——或者如後來，陳長青、溫寶裕他們稱之為「半人半鬼」。）

祖天開在連罵了兩聲「那畜牲」之後，像是多少解了些恨：「當時，我一聽，又轟然大笑起來——當我第一次聽到他自稱從陰間來的時候，我已經轟笑過。可是他拍了拍我的手背，示意我不要笑，他常說我人太粗魯，待人處世，沒有禮貌，所以處處提醒我，他……對我真好……」

祖天開又陶醉在他和王朝的感情中，回味了好一會，才道：「可是我真的忍不住發笑，非但笑了，而且還不客氣地回了一句：『你這說的是人話嗎？』那傢伙看了看我，又看了看他，我沒聽到他的笑聲，也向他看去，卻見他眉心打結，正在想甚麼。那人向我道：『你不信就算了，我看王兄倒是相信的！』我忍無可忍，提高了聲音：『他才不會信，托人帶東西到陰間去，那這個人豈不是要死了才行，誰會信這種鬼話？』你們說是不是？」

衛斯理和白素一起點頭：「這種話，才一聽到，確然不會相信！」

祖天開道：「可是……可是……」

白素沉聲道：「可是王朝卻相信了，是不是？」

祖天開長嘆一聲：「開始，我想他至多也是好奇，所以問了些問題，可是不知怎麼，三弄兩弄，他就相信了那人的屁話！」

祖天開說到這裡，又大大地喝了一口酒，閉上了眼睛，看來又沉浸在回憶之中了。

確然，六十多年前的往事，這時正一幕又幕地在他的腦海中浮過——既然如此，不如就直接來看當時的情景，不必由祖天開斷續地來敘述了，那要直接得多。

而衞斯理、白素兩人，對事情經過的反應，會夾雜其中，來一個時空交錯，這可以說是「立體說故事法」——其實，用甚麼法說故事都不重要，重要的是，說出來的故事是不是好聽。

好了，六十多年前，黃鶴樓頭是怎麼樣的一副情景呢？三個人在共飲暢談，一個是西裝革履，頭髮中分，髮臘令頭髮錚亮的美男子。美男子看來文質彬彬，眉目如畫，可是身形也很高，形容這樣的美男子，用「玉樹臨風」這句成語，最恰當了。

黃鶴樓是遊人眾多之處，也有相當多女性遊客，見了這美男子，沒有不使自己的眼光多停一兩秒的，有好幾個妙齡艷妝的女子，甚至雙頰會無緣無故紅將起來，以致要手托桃腮來掩飾。

可是美男子對那些異性，都並不多望一眼，只是興高采烈地在交談。

這個美男子，自然就是祖天開口中的「他」，姓王名朝字絳霞的那位仁兄了。

另一個則是鐵塔一樣的彪形大漢，說話時聲如響雷，喝酒時氣吞山河，說到興頭上，醋鉢也似的大拳頭，隨便在桌上敲一下，就發出砰然巨響，把桌上的一切，震得直跳了起來。

有這樣的一個大漢在，所以附近的幾張桌子都沒有人，誰都這樣想：這樣的大漢，別說他有意打你一拳，只消他揮手的時候，給他帶上一下，只怕也得斷上幾根骨頭。

那大漢，自然就是祖天開——那時，離他在法場之上，奪了劊子手的大砍刀，天神一樣，在雷聲電光之中，大踏步離開之後，已有好多年了。他在江湖上闖得轟轟烈烈，已成了武林大豪，不單是身形魁偉，而且另有一股懾人的威勢！一襲寶藍長衫的左襟上，竟用金線綉了一柄大環金刀！

再一個，則是一個胖子，面團團如富家翁，半禿頭，頂心沒有頭髮之處，昌油而發亮，看起來很有氣派，說他和陰間有關係，確然不容易令人相信，但是他卻就是那位陰差先生。

已經由祖天開敍述過的部分，自然不再重覆了。所以一開始，是王朝望着陰差的胖臉，僥有興趣地在問：「閣下從陰間來，何以倒要托人把東西帶回陰間去，自己帶回去不就行了嗎？」

王朝這樣問，很有些調侃的意味，祖天開應了一句：「照啊！」喝了一大口酒。

王朝在這之前，已經和陰差說了許多話，那令得祖天開心中微感不快，所以他希望陰差受窘。

誰知道陰差竟一本正經地回答道：「那可不行，要用那物事，才能來去陰間，我是偷出來的，不想再回去了，唯有托人帶回去，那物事在陰間很重要。」

祖天開越聽越不耐，正想大聲責斥，但是王朝卻興趣盎然：「那是甚麼物事？」

陰差搖頭：「我也說不上來，但稱之為陰間之寶，那是錯不了的！」

王朝再問：「替你帶東西到陰間去的人，是不是還有還陽的機會？」

陰差點頭：「當然有，不過照我看，人人都會願意留在陰間！」

祖天開這一次，不等王朝再問，就大喝一聲：「那你又怎麼不留在陰間，卻到陽世來了？」

他的嗓門大，一開口，連樓下都能聽見，說的話又古怪，一時之間，人人向他望來。

陰差淡然一笑：「我另有特別的原因，不必告訴你，告訴你，你也不會信！」

祖天開悶哼了一聲，向王朝一揮手：「我遊興已盡，我們走吧！」

他這話已說得很露骨了，那是說，陰差敗了他的遊興，他不想再逗留在這裡，和陰差這個人胡說八道下去。

可是王朝的反應，卻出乎他的意料之外，王朝居然道：「不，我和陰兄一見如故，正要請教！」

他說完，看到祖天開怔在那裡，他補充了一句：「你要是想走，只管先走！」

祖天開一聽，幾乎肺都要氣炸，他自然不是好脾氣的人，可是一腔怒火，偏偏在王朝面前，一點也發作不出。

他當然不捨得離開王朝，霍然起立之後，只是走開了幾步，到了欄杆旁，看江水，生悶氣，大口喝酒。

開始時，他還聽王朝在向陰差詢問陰間的情形，陰差有問必答，祖天開越聽越悶，酒也越喝越多，漸漸地酒意湧起了上來，也聽不清王朝和陰差又說了些甚麼。

一直到夕陽西下，落日血紅，王朝才來到祖天開的身邊，宣佈：「我要和陰兄作竟夜之談，陰兄會隨我們回客棧去！」

祖天開盯了王朝一會，又怒視着陰差，幾乎要出手把陰差抓起來，拋下長江去餵王八！

王朝可能看出了他目有兇光，所以叫了他一聲，並且道：「事情很重要，我還有好多地方不明白，必須請教——這是千載難逢的機緣，我不能錯過！」

王朝說來，堅決之極。祖天開本就扭不過王朝，這時也只好點頭答應。回到了客棧，在上房之中，祖天開喝悶酒，王朝和陰差密談，也不知說的是甚麼，兩人竟像是有說不完的話一樣。祖天開自顧自喝酒，不一會就已鼾聲如雷了。

第二天早上起來，王朝在打太極，看來精神奕奕，極其興奮。陰差則歪倒在一張榻上，沉沉入睡。

王朝一看到祖天開醒了過來，就向他走來，一面走近，一面捲着雪白的綢衫的衣袖，樣子瀟灑，他來到祖天開的面前，問：「你那位姓曹的把兄，和你的交情如何？」

祖天開想也沒想：「極好，一起出生入死多次，算得是生死之交。」

王朝皺了皺眉，半轉過身去，把捲起了的花袖放下來，又捲上去，重覆了好幾次。

祖天開等得不耐煩，正想問怎麼了，王朝並不轉回身來，先問：「和你我相比，是誰和誰的交情深些？」

祖天開又好氣又好笑：「這是甚麼話，我和你是甚麼關係，世上又有誰能和你想比，我們是同命——」

王朝疾轉過身來，伸手掩住了祖天開的口：「那麼，你就答應我一件事！」

祖天開佯怒：「你叫我做事，還要先問明了交情如何，這未免太令人心寒了！」

王朝嘆了一聲：「不是我不相信你不肯為我盡心盡力，而是由於事情和令把兄有關！」

祖天開不解：「和他又有何干？」

王朝一字一頓：「我要陰差自陰間帶出來的那寶物，怕你把兄不肯給！」

祖天開先是一怔，接着，他算是明白了王朝的要求，他立時又轟笑了起來，伸手拍胸脯，發出響亮的聲音，大聲道：「除非是要他脖子上的人頭，不然，我一開口，曹大哥沒有不給的！」

王朝斜睨着祖天開，緩緩搖頭。祖天開一跺腳：「走，這就去找他，我知道他在天河口有祖產，正在湖北境內，一兩天就可以到！」

王朝嘆了一聲：「你就是這樣的毛躁脾性，你先弄明白那東西是甚麼才好！」

祖天開不屑地望了正在沉睡的陰差一眼：「從陰間帶出來的東西有甚麼

了不得，就算是十殿閻王的寶璽，在陽世也並無用處！」

王朝神情嚴肅：「你錯了，那是一件真正的寶物，妙用無窮，連陰差也不知道究竟有多少妙用，他只知兩個用法：一是持着它，可以來去陰間；二是得此寶的人，可以向它許願，所以，他把這寶物，定名為『許願寶鏡』。」

祖天開雖然沒有學問，但是「許願」是怎麼一回事，他自然知道。他吐了吐舌頭：「許了願，能實現？」

王朝點頭：「是，情形是那樣——」

王朝接下來，就把那「許願寶鏡」如何使用，特性如何等種種情形，告訴了祖天開。

（有關「許願寶鏡」的使用法和種種禁忌以及它的奇妙之處，在「從陰間來」、「到陰間去」這兩個故事之中，已有詳細的解說，不再重覆。）

王朝當時告訴祖天開的一切，自然都是陰差告訴他的。祖天開當時，由於那一切很是複雜，一時之間，他也弄不明白。

可是他久歷江湖，自有一套精明的應世之方。等王朝興緻勃勃地講完，由於興奮，他的雙頰，甚至泛起了酡紅，祖天開再向陰差看了一眼，問了兩個問題，第一個是：「這東西既然那麼好，他自己怎麼不留着用？」

王朝急得頓足：「剛才我對你說的話，你究竟聽進耳去了沒有？許願寶鏡一個人一生只能用一次！他用過了，就沒有用了。而且，他從陰間逃出來，又偷走了陰間的寶物，怕陰間會派別的陰差來追拿他，所以要有人替他把寶物送回去！」

祖天開又提出了第二個問題：「他為甚麼要把這一切告訴你？」

王朝的樣子很自得：「當然是投緣！也是該我有此奇遇，一聽他從陰間來就信了。若是像你那樣，只顧哈哈大笑，甚麼機緣都叫你笑走了！」

祖天開給王朝一陣埋怨，說不上話來，只好訕訕地笑。過了一會，他才想起另一個問題來：「曹大哥還沒有動身到陰間去？」

王朝冷笑一聲：「你把兄也不是白替人家做事的人，他要先對寶鏡許了願才動身——許願的時間，每個人不同，一生只有一次，若是已過了時間，寶鏡到手，也沒有用處。陰差根據我的生辰八字，替我算過了，我能使用寶鏡的時間，就在十天之後！」

祖天開皺了皺眉，咕噥了一句：「才認識的陌生人，就把自己的生辰八字給了人！」

中國人一向把自身的「生辰八字」當作是一個秘密，因為有不少巫蠱之術，可以根據這一組數字，作出損害一個人的行為。

王朝瞪了祖天開一眼：「既然相識，就不是陌生人了，何況還能有這樣的好處！等我許了願，願望實現，你也可以別在江湖上過那刀頭上舐血的日子了，到時，日子多好過！」

王朝的這幾句話，算是一種許諾，這許諾，聽在祖天開的耳中，自然受用之至，全身都暖烘烘。而且，他當時想，事情再簡單不過，以他和曹普照的交情，還不是一句話的事？

所以他又拍胸：「行，我們這就走！」

王朝大是高興，向陰差一指：「他也一起去！」

這時，陰差也醒了，正在張大口打呵欠，雙手高舉，大大地在伸懶腰。

祖天開一怔：「他去幹甚麼？」

王朝道：「他是物主，萬一曹大哥不肯，由他出頭說話，也好說些。」

說來說去，王朝還是不相信祖天開能把那寶鏡手到拿來。他當然大為不悅，可是也只能悶哼一聲，並不能改變王朝的主意。

於是，三個人便一起上路。

祖天開由於王朝向他說了陰間寶物「許願寶鏡」的事，所以對陰差也大感興趣。可是陰差和王朝說話的時候多，對祖天開，只是有問有答，並不主動找祖天開說話。

三人在路上走了三天，相安無事，並沒有甚麼特別的事發生。

那時，路上並不平靖，盜賊土匪很多。但是祖天開所經之處，三山五岳的人馬，都恭恭敬敬，拿着名帖，提着禮物前來拜見。有幾個佔了山頭立寨的股匪，還請三人上山去盤桓一陣，也都叫祖天開拒絕了。

在路上，有一次祖天開曾半認真半開玩笑地問陰差：「你從陰間來，究竟是人是鬼？」

陰差不以為忤，笑瞇瞇地回答：「我皮破流血，日照生影，你說我是人是鬼？」

祖天開道：「答得好，那樣說，你是人，既是人，如何會到陰間去？」

陰差答得很老實：「陰間主人要人差遣，看中了我，把我帶去的！」

祖天開笑：「陰間有的是鬼，陰主為甚麼不差遣鬼，要差遣人？」

陰差對這個問題，答得比較滑頭：「那得去問陰主，我不知道！」

祖天開悶哼一聲，又問：「你在陰間，曾見過牛頭馬面，十殿閻王，判官？」

陰差道：「不，我沒有見過！」

祖天開很是惱怒，以為陰差不給他說實話。

（衞斯理和白素，倒可以知道，陰差並不是胡說八道。他們兩人也到過陰間，並沒有見到甚麼閻王判官，見到的只是一種十分奇特的靈魂存在現象——因為他們是人，所以看不到陰間的真相。）

（王大同那時不是人，他的靈魂到了陰間，和人進入陰間的感受，完全不同，王大同就說他曾見過閻王判官，宮廷樓閣，各種鬼魂。）

（不過，王大同被認為是瘋子，沒人相信他的話。）

九、絕色美女

祖天開再想追問陰間的情景，但是陰差卻不肯再説甚麼了，他只説了一句：「説了你也不會明白的——事實上，我自己也不明白究竟是怎麼一回事！」

陰差是不是真的不明白，不得而知，但是他就算真的把陰間的實際情形説出來，祖天開肯定不明白，那倒是一定的。

因為六十多年之後，知識豐富之至的衞斯理和白素，被李宣宣帶到了陰間，以兩人見識之廣，也無法明白那是怎麼一回事，只是憑推測，知道了那可能是外星力量在地球上，收集地球人腦活動產生的電波的一處空間——這種假設，在六十年後，説給祖天開聽，他也不會明白，何況在六十年前。

祖天開心中不高興，再問的問題，就有點沒話找話説了，他道：「我也把生辰八字告訴你，你替我算算，我在哪一年哪一月，可以使用那許願寶鏡！」

陰差倒是一口答應，祖天開報了生辰八字，陰差口中唸唸有詞，一面算，一面神情越來越是古怪，終於他叫了起來：「怪哉！怪哉！」

不單是祖天開，連王朝也大感詫異：「何怪之有？」

陰差瞪着祖天開：「祖兄使用許願寶鏡的日子，竟在六十年之後！」

祖天開「呵呵」一笑：「那我就用不着了，人哪有那麼長命的！」

陰差並不言語，王朝道：「或許得享高壽，那也難說得很！」

當時三人都是說笑，後來祖天開真成了人瑞，當時自然無人料得到。

等到離天河口近了，那天，早上啟程，預計中午時分就可以到達，陰差一路之上，大反常態，向祖天開問了許多有關曹普照的事。

祖天開和曹普照的交情深厚，講起兩人並肩闖江湖的事，件件樁樁，都是祖天開生平得意之事。不過，那時，兩人也有多年未相會了。

祖天開告訴陰差：「他娶妻早，妻子替他生了三男三女，到他喪偶後十年，最小的女兒也已嫁人，有了外孫，他才續弦，那是七年前的事了，自從喝了他續弦的喜酒之後，第三天我就離開了，沒有再見過他。」

祖天開說的時候，有點傷感：「那次喜酒，來的賓客，沒有一千，也有八百，把曹家大宅，擠得鬧哄哄如同趕集一樣，開的是『流水席』，日夜不斷，隨時有酒有菜。曹大哥喜歡熱鬧，家人，連嫁出去的女兒，都住在一起，他在家鄉蓋的那座巨宅，簡直和皇宮一樣，十進大屋，怕有十多二十個院子！」

王朝問了一句：「那得有多少口人啊？」

祖天開笑：「這問倒我了，只怕連曹大哥自己也說不上來，你只管去問他，我看他不能一下子說出來！」

（這一段在當時，只是閒閒的對話，到後來，就變得令人驚心動魄之至。）

（衞斯理和白素在知道了這一段對話的時候，就自然而然，握住了手，而且，手心都冒着冷汗！）

（曹普照的家庭，竟然是那樣的一個大家庭！）

（而曹金福的血海深仇，是兇徒「殺了他爺爺合家大小」——只有一個七歲的小孩子倖免。這小孩子是曹普照的最小的兒子，自然是續弦之後生的。）

（算算看，「合家大小」是多少人？傭僕不算，單是三個兒子，三個女兒，已是六家人家，每家都有孩子，至少要超過三十人！）

（祖天開當年行兇，竟然一下子就害了他把兄一家超過三十條人命！）

（這三十條人命，是祖天開一個人下手的，還是王朝也有份，陰差也有份？）

（真是駭人聽聞之至，難怪事隔六十年，仇恨傳到了曹金福的身上，依然如此強烈！）

（難怪祖天開一聽到「苦主來了」，就自知那是死期到了！）

（衛斯理和白素，一面吃驚，一面也想到了同一個問題：曹金福要怎樣報仇呢？在現代社會，曹金福若是把祖天開殺了，就算祖天開有死三十次的罪惡，曹金福一樣是犯了殺人罪！難逃法律的制裁！）

（而看曹金福的情形，這仇是非報不可的。大好青年，難道要為了六十年前的往事，而身繫囹圄？）

（兩人心中都很焦慮，當時他們想到的是：要先阻止曹金福和祖天開見面，先把所有的事情弄清楚了，再商議妥善的對付之法。）

（暫時只好這樣了。）

（至於事情會有絕對意料不到的變化，當時，衞白二人，是做夢也想不到的。）

陰差當時問了一句：「那新夫人美麗無比，不知是甚麼來歷？」

祖天開怔了一怔：「我不知道！」

祖天開確然不知道，因為他對女人根本沒有興趣，管她是美麗是醜陋。他只記得，所有來吃喜酒的人，有內眷一起來，見過新娘子的，都說新娘美若天仙，難怪曹普照喪妻多年，還會春心大動。

祖天開和曹普照是兄弟關係，自然也見了新娘子，他卻只覺得新娘子身形高佻，其他的，反正是一個女人，他分不出美醜來。

大喜之日的第二天，曹普照就當着所有的賓客，宣佈退出江湖，從此江湖上的一切，皆與他無關。他突然作此宣佈，很令人驚愕。

當時，所有江湖上的大豪也好，小腳色也罷；白道上的高手也好，黑道上的怪人也罷，在曹普照作了這樣的宣佈之後，竟不約而同，一起向在場的祖天開望來！

祖天開在數百道目光的注視之下，一時之間，竟至於手足無措。

大伙的意思很明顯：你祖天開和曹普照焦不離孟，聯手並肩闖蕩江湖，曹普照在決定金盆洗手之前，必然和你商量過，你是不是也退出江湖呢？

祖天開在那時，非但比眾人更驚愕，而且，還感到了極度的氣憤，因為曹普照根本沒有和他商量過，他事先一點也不知道！

他們的關係，親如兄弟，這樣的大事，事先曹普照竟不知會他一下，那使他有被輕視，甚至被背叛的感覺。

他當下就滿面通紅，青筋暴綻，伸手指着曹普照，聲大氣粗地問：「大哥，這樣的大事，怎麼我這個做兄弟的，事先一點也不知道？」

祖天開此言一出，所有人都覺得不可思議，人聲嗡嗡，大都替祖天開不值，責曹普照的不是。

曹普照走到了祖天開的面前，伸手抓住了祖天開的手，並無歉意，因為根據他的解釋，他毋需向祖天開致歉。他道：「我是今天臨天亮才決定的，着人去找過你，你正在醉鄉之中，反正我決定一早就宣佈，也就沒再告訴你了，你別見怪，我們是好兄弟！」

祖天開性子直，聽了之後，雖仍不滿，但是已無話可說。他們兩人雖是把兄弟，但曹普照年紀大祖天開十多年，那時，已經五十歲了，祖天開對他一向敬服，自然也只好生悶氣。

而賓客之中，有聰明人，有反應快的，一聽到曹普照說是臨天明才決定，也很快地估計到了是怎麼一回事了——昨日是他續弦的新婚之夜：必然是新娘子的美麗溫柔，使他有了這樣的決定。

常在溫柔鄉中，自然比到江湖上去亡命的好。而且這些年江湖生涯，他也早已家大業大，成了一方之富，趁機退出江湖，正是明智之舉。

祖天開當日又喝了一天悶酒，再過一天，就不辭而別。這一別，已經近八年了！

祖天開說出了這一段經過，王朝大有憂色：「你……和他不歡而散，他更不肯把寶鏡給你了！」

祖天開搖頭：「不會，那次我不辭而別，只是小事一件，他不會放在心上。」

陰差在這時，忽然道出了一句誰也想不到的話來：「他要不給，就下手搶！」

王朝聽了，皺眉不語，祖天開笑了起來：「憑我們三個想在曹家搶東西，只怕還做不到。曹大哥家，三歲孩童也會武功，去三十個人，也叫你直的進去，橫的出來！」

陰差寒着一張臉，沒有出聲。

王朝問陰差：「當日你是怎麼把寶鏡托了他的？」

陰差的臉色更難看：「人人都說他是一方豪傑，我登門拜會，提出要求，他也一口答應，沒想到不過一個月，就遇上了你！」

祖天開瞪了陰差一眼：「奪了那寶物，就得到陰間去長留陰間了，有甚麼好？」

王朝大是焦躁：「你別管，反正我下定決心，非將這寶物弄到手不可——」

他說到這裡，向祖天開望來，欲語又止。祖天開大聲道：「只要做得到，你只管說，究竟想怎樣？」

他提高了聲音，是表示他能為王朝做任何事的決心。可是王朝還是欲言又止，過了半晌，才幽幽地道：「這可得看你對我的情分如何了！」

祖天開聽了，心中很是高興——王朝說的這種話，本來只有在男女之間才會出現，但是他們之間的情形，既然特殊，有這樣的話句，倒也順理成章。

王朝的話，等於給了祖天開一個表現「情分」的機會，祖天開自然高興。

但是也就在這時，祖天開卻又瞥見，王朝和陰差，迅速交換了一個眼色，他還沒能會過意兩人是為甚麼要這樣，陰差已經道：「祖兄，這……到時行事，可莫遲疑，誰才是好朋友，要分得清啊！」

祖天開再大而化之，這時，也看出蹊蹺來了——他看出來的是，陰差和王朝兩人，像是料定了一到曹宅，必然會有事發生。

所以，他們，尤其是王朝，就一再暗示，到時，祖天開要站在他這一邊。

祖天開可以在有突變時站在王朝那一邊，可是他卻不明白，何以王朝和陰差會早就料定必然有衝突——因為在他看來，以他和曹普照的交情而論，向曹普照要那「許願寶鏡」，是手到拿來之事！

一則，由於他熟知曹普照的性格；二來，在他看來，那「許願寶鏡」，也不是甚麼真正的寶物，它除了可以許一個願之外，功用就是可以利用它到陰間去而已。

曹普照身體壯健，富甲一方，兒女成羣，還有甚麼別的願望？莫非真是享盡了人間的福後，竟想離開人世了嗎？

這是祖天開想不通的事。

而這個問題，直到後來，事情演變到如此可怕而失去控制的地步，祖天開仍然不明白。

他曾在事後，問過王朝好幾次，王朝的回答都只是：「我知道多少，你就知道多少，從頭到尾，你都參與其事，怎麼還來問我呢？」

的而且確，從頭到尾，他都參與其事，王朝的回答，令他語塞。

而且，每次他問了，王朝必然會大大不快，所以久而久之，祖天開也不再問，只好當是天意了。

當祖天開透露往事到這一段落時，白素揚了揚手，沉聲道：「祖老，你不能說是『從頭到尾，參與其事』，不能算是。」

祖天開睜大了眼，望着白素。衞斯理吸了一口氣，也道：「是的，不能算。」

祖天開見兩人都那麼說，很認真地想了一想，但還是搖頭：「我和他形影不離，自陰差這個……傢伙出現之後，情形也是一樣，確是從頭到尾——」

他話沒有講完，衞斯理就打斷了他的話頭：「雖是如此，但是王朝和陰差之間，一見面在黃鶴樓上，後來在客棧之中，又有徹夜之談，談的是甚麼，你並不知道！」

衛斯理說的時候，望了望白素，白素點頭，表示同意衛斯理的分析。

祖天開呆了一陣：「他告訴我，那是陰差對他講解寶鏡的用途，他要反覆聽，才能明白。」

衛斯理一字一頓：「那是他告訴你的，並不一定是他們談話的內容。」

祖天開又呆了好一陣，神情仍不以為然。

看起來，事情隔了那麼多年，祖天開對王朝的「情分」，絲毫未減，他也不肯相信，在六十多年之前，王朝就曾有事瞞着他，欺騙過他。

白素補充了一句：「從你的敍述來看，陰差和王朝兩人之間，顯然有某種默契，是你所不知道的！」

祖天開伸手在他滿是皺紋的臉上，用力撫摸着，摸了又摸，最後還是搖頭：「會有甚麼默契？」

衛斯理道：「不知道——因為我們不知道後來究竟發生了甚麼事，知道了之後，才能分析，得出結論！」

祖天開喃喃地道：「後來……後來……後來……」

他連說了三聲「後來」，老大的身軀，又發了好一回抖，這才可以繼續地把往事搬到眼前來。

祖天開，陰差和王朝三人，在一個土崗上，可以看到曹家巨宅的圍牆時，正好是中午時分，陽光刺目，所以看過去，圍牆上像是鑲了一圈金光，奪目之至。

說那是「大宅的圍牆」，實在不足以形容。說它是一座小城的城牆，反倒更確切些！

王朝一上土崗，就失聲道：「這姓曹的，竟替他自己造了一座城池！」

祖天開「呵呵」笑：「要不然，怎能容得下上千的來賓，唉，一別八年，這圍牆可一點也沒走樣！」

他說着，用力在陰差的背上拍了一下：「你貿貿然求見，曹大哥就肯見你，可知他好客之心，也一點沒變！」

陰差連聲應道：「是！是！但是要見到曹大老爺，也很不簡單，嗯，很不簡單！」

陰差的話，祖天開也沒有深究，不知陰差是用了甚麼手法，才能見到曹普照的——照一般的規矩，金盆洗手之後的江湖人物，除非是極熟的來訪，才會相見，見陌生人的可能性，微之又微。

祖天開當時，只是想了一想，就得出了「多半是曹普照好交朋友」之故。

下了土崗，再向前去，是一條大道。道兩旁全植着樹，祖天開又感慨：「上次來的時候，樹還只有碗口粗，現在都有五握了！」

王朝則連聲道：「好氣派——能在這樣的環境下，安享兒孫繞膝之福，也真難得之至了！」

他又欣羨：「世事如此紛擾，他竟能享受這樣的寧靜，真是異數！」

陰差這時，加入了他的感想：「曹普照在江湖上的地位高，有不少帶兵的將軍，都和他有交情，黑道上的人，更不敢打他的主意，所以他穩如泰山。」

他略停了一停，才又道：「所以，在黃鶴樓頭，乍一聽祖兄說竟是曹普照的把兄弟時，真是驚訝莫名！」

祖天開面有得色：「我們結義，是很久以前的事了！」

他人稱讚曹普照，他與有榮焉，這自然是十分正常的反應。

那大路的盡頭，就是巨宅之前，好大的一幅廣場，一色用麻石鋪成。廣場後面，就是巨宅的大門，每一扇大門上，都釘着金光鋥亮，在陽光下閃閃生光的銅釘，看來氣派大極。

正門關着，兩旁的側門，有一扇開着，門口，站着四個勁裝的漢子，挺胸凸肚而立，看到有人來了，一動也不動，也不迎上前來。

等到三人來到了近前，四人之中，有一個中年人才「咦」地一聲：「祖爺，是你？」

祖天開也認出了那中年人，是曹宅的一個總管，他「呵呵」笑着：「可不是我嗎？」

總管一揮手，帶着三個大漢，一起迎了上來，滿面帶笑，神態恭敬：「隔老遠就看到了，除了曹老爺，誰能有那麼高的身量！」

總管說着，又打量了王朝幾眼，神情訝異，然後，向陰差略揮手：「陰先生又來了？」

這總管目光銳利，看來也是老江湖了，他又命令那三個壯漢：「快去報知老爺，祖爺來了，還有祖爺的朋友和陰先生！」

王朝接了一句：「小姓王！」

一個壯漢轉身，大踏步走了回去，總管垂手而立，搭訕着問：「祖爺這幾年可好？」

祖天開笑：「在江湖上打滾，還不是那麼一回事，還能有個囫圇個兒，腦袋還在脖子上，沒有少腿缺胳膊，已經算是老天爺幫忙的了，哪裏及得上曹大哥，安享大福！」

總管也陪笑：「祖爺在江湖上的風光，我們雖在這裡隱居，也時有所聞！」

他們在離門約有十步前處，站着說話，等的是主人下令，大開中門，親自出迎——那是由於祖天開和主人的關係非比尋常之故。若是尋常人來訪，就算主人肯見，也是只從側門帶進去就算了，上次陰差來，正門就未曾開過。

果然，說不了幾句，就聽得門後，響起了一下聲若奔雷的巨響：「兄弟！」

隨着這一下叫聲，轟轟隆隆，正門就打了開來。

十、陰差的陰謀

兩扇巨大的正門，還未曾全打開，一個身形高大之極的人，已大踏步搶出。

那大漢一出現，各人都感到，隨着他的移動，有一股勁風，撲面而至。每踏出一步，整個廣場，都像是為之震動，雖然是一個人疾步而來，但竟有千軍萬馬掩殺過來的氣勢！

祖天開也大叫一聲，張開雙臂，奔迎上去，一面叫道：「大哥！」

這兩條大漢，迅速合而為一，兩人抱在一起，互拍對方的背部。

這從巨宅之中奔出來的，自然就是曹普照了，這曹普照稱雄江湖之時，有一個外號，人稱「天皇金剛」，和祖天開比，他竟然比祖天開還高半個頭！

王朝和陰差向前走去，到了他們的身邊。王朝還好，他比普通人高。可是陰差卻是又矮又胖，簡直只到曹普照的腰際！

祖天開先介紹王朝：「大哥，這是我的好兄弟，姓王，名朝！」

曹普照向王朝望來，王朝不亢不卑地行禮，曹普照早就知道祖天開不喜女色，一見王朝這等模樣，還有甚麼不明白的？

他「呵呵」笑着：「兄弟，恭喜了！」

祖天開咧着嘴笑，對曹普照的「恭喜」，當仁不讓。而王朝卻立時滿臉通紅，只裝沒有聽到。

曹普照望向陰差：「陰先生來得正好，有好些事不明，正要請教！」

他說着，一揮手：「請進！」

他自然而然，伸手去握祖天開的手，看樣子是想和祖天開携手而行。

可是他手才揚起，看到王朝正在牽祖天開的衣角，神情若有所求，祖天開看着王朝，神情一如望着一個淘氣的小妻子。

這種情景，一映入眼簾，曹普照自然而然，不再伸手出去。他也知道，一別八年，祖天開的生活，也起了一定的變化。

他轉過身，向前走，口中嚷着：「請！請！」

王朝在這時候，拉祖天開的衣角，那意思是要祖天開立即向曹普照提許願寶鏡之事，祖天開則表示等進了屋子再說。

祖天開牽了王朝的手，跟在後面，大聲道：「那次大哥忽然宣佈退出江湖，我不辭而別，惹大哥生氣了？」

曹普照笑：「大哥是這樣小器的人嗎？」

祖天開有時，也很會弄些狡獪：「當然知道大哥不小器，所以待會兒，要向大哥討些東西！」

曹普照隨口道：「只管說！」

說話之間，已經了一進院子，不斷有人飛奔來報：「貴客歇息之處，已收拾好了！」「酒菜也備妥，老爺請到偏廳。」「各房都已通知，說是祖爺來了！都會來拜見！」「夫人會帶小少爺見祖叔爺！」

祖天開聽了最後一個稟報，才知道曹普照又添了一個兒子，忙道：「大哥又添丁了？」

曹普照笑得歡暢：「是，續弦第二年就有，倒是一索得男，令年已七歲了！」

進了偏廳，只見黑壓壓三四十人，個個聲音響亮，有的叫「祖叔」，有的叫「叔爺」，祖天開所受的禮遇，隆重無比，那令祖天開大是臉上有光。

祖天開向各人致了意，曹普照的兒子女婿，也都散去。那時候的習慣，內眷是不見外客的，但是有祖天開在，情形當然不同。

熱鬧了一陣子之後，祖天開、王朝、陰差和曹普照，分主客坐定，這才聽得有人叫：「夫人到！小少爺到！」

叫了之後，是一陣子靜寂，然後，隱隱聽到有佩玉相碰之聲傳來，襯着細碎的腳步聲。

不一會，掛帘掀開，一個麗人，款款地走了出來，一手牽着一個小男孩。

這麗人一出現，祖天開先起立，整個廳堂之中，像是剎那之間，光亮了不少。

祖天開不好女色，並沒有注意那麗人究竟美麗到了何等程度，他只是照禮數行事，搶上前去，單膝下跪，大聲道：「大嫂，祖天開拜見！」

那麗人發出了「啊呀」一下低呼，聲音悅耳之極，帶起一股香風，身子偏開，伸手推了推小男孩：「祖叔快起，怎麼受得起！雄兒，還不向祖叔行禮！」

那小男孩立時雙膝跪倒，向祖天開叩起頭來。

祖天開也扶起了小男孩，誇獎了幾句，這才發現和自己來的兩個人，大是失態！

（那小男孩，取名叫世雄，也就是後來唯一生存的劫後餘生者，是曹金福的父親。）

王朝還好，雖然雙眼有點發直，望定了那麗人，曹普照的續弦妻子，但總算站了起來，而且準備行禮。而那陰差，就有點不像話了！

陰差簡直就如同癱倒在椅子上一樣，雙眼睜得老大，口也張得老大，口角竟然有涎沫流了出來！那情景，分明是受到了麗人美麗的震撼，三魂七魄，在這時都不知還在不在身上了！

他那種色授魂予的模樣，已到了極形極狀的地步，哪裏還有一點上等人的儀態，就算是市井流氓，色中餓鬼，只怕也沒有那種難看的樣子。

他的這種樣子，曹普照和祖天開都看到了，曹普照礙着人是祖天開帶來的，而且其人不久之前來訪，帶來的一樣東西，實是一件異寶，自己正日夕把玩，頗有心得，可是又有許多疑問，要在他的身上解決，所以才沒有發作。

要不然，陰差一見夫人出來，就現出這樣的醜態，曹普照早已抬腿一腳，把他直踹出來了！

祖天開在一旁，看了陰差的這種醜態，卻捺不住心頭的怒意，他走過去，在陰差的面前一站，隔斷了陰差的視線。陰差突然之間，不見了眼前的麗人，這才全身震動，抬起頭來。

一抬頭，口涎便順着口角，流了下來。祖天開目光如劍，盯住了陰差，陰差不由得打了一個寒戰，也知道了自己的失態，低下頭去，汗水自額上涔涔而下。

這時，已聽得王朝一面行禮，一面朗聲道：「在下王朝，願曹夫人麗容長存，福澤不絕。」

曹夫人在還禮：「王爺太客氣了！」

王朝和曹夫人相對一行禮，那場面真是好看。一個是玉樹臨風般的俊俏男子，一個是艷光自然流轉，令人不敢逼視的麗人。

曹夫人的美麗，其實人人一看，不論男女，都會發出由衷的讚嘆，只有對女色天生不感興趣的人如祖天開，才會沒有觸電也似的感覺。

那時，王朝也不免驚艷，只是他的表現，不如陰差那樣出醜而已。

曹夫人不但容顏美麗，而且肌膚賽雪，那一雙手，就像是羊脂白玉雕就一般，可是又有着白玉所沒有的靈氣。她體態窈窕，身形高佻，竟和王朝有差不多高下。

王朝行禮完畢，退開一步，向曹普照由衷地道：「尊夫人真美人也！」想來曹普照早已聽慣了這樣的話，而且陰差的神情，惹得他不快，他反應並不熱烈：「娶妻娶德，艷色在其次，王兄可曾成婚？」

曹普照故意如此一問，王朝又紅了紅臉，沒有回答。這時，陰差掙扎着，想站起來，也去向曹夫人行禮。可是祖天開神情冰冷，一抬腳，把一隻左腳，踏在陰差的雙足腳背上。

祖天開雖未使勁，但陰差也難以站得起來。

剛才陰差那種不堪，曹夫人也瞧在眼中，芳心自然不快，所以，廳堂中各人，無形之中，形成了一股默契，把陰差當作不存在。

曹夫人只是對曹普照說了一聲：「老爺和祖叔久別，好好敍舊，我去督促他們，準備好酒好菜！」

她說着，已翩然轉身，帶着小男孩，走進內堂去了。

夫人既稱絕色，自然無處不美，連背影都動人之極，陰差頭部轉動，總算又看到了一眼背影。

等曹夫人離開，曹普照再請各人入座，就把陰差乾擱在原來的椅子上。直到酒過三巡，在王朝的不住催促之下，祖天開才向陰差一指：「大哥，這位陰先生說，月前他給了你一件東西，托你帶到陰間去？」

曹普照聽了，陡然一震，竟至於手中的一杯酒，濺了一些出來。

這情形就十分特別，以曹普照的武術修為而論，斷不應出現這樣的情景。而居然有這樣情形的出現，可知他心頭為了祖天開這一句普普通通的話，而受了極度的震盪！

這令得祖天開的心中，也不禁為之一凜。

為了掩飾，曹普照一口喝乾了杯中之酒，卻以凌厲無比的目光，向陰差望去——那種目光，就算不是身受者，也可以看出，曾普照是在嚴厲責備陰差！

而且，在那一剎間，曹普照的臉色難看之極。這種情形，誰都看得出事情不對頭了，王朝、祖天開手中持着酒杯，待移向口邊，但是卻僵在半空。

曹普照一開口，雖然是壓低了聲音的，但是也一聽就可以聽出，他這時，正處於盛怒的狀態之中！

他一字一頓地問：「陰先生，上次你對我說甚麼來？」

陰差在曹普照一向他投嚴厲的目光之際，就不敢和曹普照的目光接觸。這時，更是垂下了頭，說來結結巴巴：「曹兄，祖兄說和你是結義弟兄，是過命的交情……和他說起……是不要緊的……」

衛斯理和白素聽到這裡，異口同聲：「等一等！」

祖天開在敘述到這裡時，想來也因為到了緊要關頭，所以臉色了白，皺紋看來也格外深刻。

衛斯理先問：「你曾說過，在黃鶴樓上，陰差一上來，是先說了他托人把東西送回陰間去等等，你才料到他所托之人是曹普照的！」

祖天開點頭：「是，足證你們兩人心思，這其中的蹊蹺，我一直在思索，想了幾十年——他為甚麼在曹大哥的責問之下，把事情說成好像是知道了我們的關係之後才把事情告訴我的！」

白素沉聲道：「這其中的機關，一點就明——他在把許願寶鏡給曹普照之時，必然有一番很能打動人心的話，這才叫曹普照欣然答應。曹普照不是尋常人，閱歷何等豐富，所以陰差的話不單動聽，他那寶鏡，也必然有很奇怪的現象，顯示給曹普照看到過！」

祖天開點頭：「看來是，但是他為甚麼要先後倒置？」

白素悶哼一聲：「當時，他必然又曾千叮萬囑，說這事機密無比，絕不能給任何人知道，若是洩露了秘密，便會如何如何，這一番深入曹普照之心，所以曹普照一聽得他把事情告訴了祖老，就又驚又怒，責備他洩露了秘密，他為了掩飾，就只好顛倒事實了。」

祖天開伸手，用力拍了一下大腿：「這一點，我當時已想到了，只是我不明白，陰差他目的何在？」

白素和衞斯理卻眉心打結。衞斯理道：「看來，從第一次陰差去求見曹普照起，他就在陰謀進行一件甚麼事，後來的種種變化，都是為了達成這種事而進行的！」

祖天開苦笑：「我正是那樣想，可是六十年來，想破了我的頭，也想不出他是想達到甚麼目的。」

衞斯理冷笑：「祖老，恕我作這樣的推斷：王朝一定知道陰差的最終目的是甚麼，他甚至是陰差的合謀，可是他卻沒有告訴你！」

祖天開聽得衞斯理這樣說，滿是皺紋的臉上，神情複雜之至，過了好一會，他才搖頭：「我不同意。」

衞斯理伸手指向他，但是還沒有開口，就被白素把手拉了下來：「且先把往事說下去，現在只知道事情的開始，難以下結論。」

祖天開吁了一口氣，他剛才說他當時，也想到了擁有許願寶鏡，事屬特級機密，不能給任何人知道，倒是真的。因為當時的氣氛僵得尷尬之極。

曹普照仍然神情惱怒：「不是你自己說，雖親如妻兒，也不可告訴，不然就——」

陰差不等曹普照說完，就站了起來，雙手亂擺，用很難聽的聲音，叫了起來。

陰差叫的是：「江湖好漢，結義弟兄之情，深過妻兒家人，所以我想不要緊的！」

他的話，雖然是強詞奪理，可是卻也厲害無比——當着祖天開的面，曹普照總不能說結義兄弟的情，比不上妻兒！他叫陰差的話堵住了口，說不出話來，神情自然要多難看就多難看。

而這時，心中最難過的，就是祖天開了！因為直到此際，他才知道事情嚴重之至！

當陰差最初，說甚麼他從陰間來，又有陰間帶來的寶物，托人帶回陰間去之類的話時，祖天開只當那是陰差信口雌黃，再也想不到事情會和自己有關。

及至王朝忽然說要那許願寶鏡，祖天開仍然不認為有甚麼大不了，以為向他的義兄一開口，就可以手到拿來。

可是這時，他才知道，這不是那回事——那「許願寶鏡」，他只不過閒閒提了一句，就形成了這樣的僵局，真難想像他如何開口，向義兄索取。

一時之間，人人都不說話，祖天開更不知如何才好，他只好向王朝看去。這時，唯一可以令氣氛有好轉可能的事，就是王朝向祖天開使一個眼色，表示他不想要那許願寶鏡了！

那麼，祖天開自然可以絕口不提，再喝幾杯酒，也就不會再有持續的尷尬了！

可是，當祖天開向王朝看去的時候，王朝一點也沒有放棄自己意願的意思。他先是現出了一個頗為不屑的神情，接着，似笑非笑，似怒非怒。這種神情，看在別人眼中，或者會不明，但是祖天開看了，卻是心中雪亮。王朝等於是在說：看你的哩，要是你能順我的意，不論如何困難，都要開口。而如果你礙着把兄的情面，置我於不顧，那你我之間，自然再無情分可言！

由於祖天開明白了王朝的意思，所以他更是焦急，以致剎那之間，豆大的汗珠，直迸了出來。

他性好男色，偶然的機緣，遇上了王朝，那對他來說，當真是如獲至寶，是他有生以來，最大的收穫。和王朝在一起，他感到天地造化，全在他的生命之中。有王朝在身邊，人間就是極樂世界。

要是王朝棄他而去，那對他來說，也就等於是生命的終結了。

他只覺得氣血上湧，伸手一抹汗，竟連桌面上，都灑下了一片汗珠。

這時，曹普照雖然仍在盛怒之中(曹普照盛怒，自有理由，大致和白素的分析相合），但是也看到祖天開忽然神色大變。

他強壓怒意，又狠狠瞪了陰差一眼，才向祖天開說：「兄弟怎麼了？」

祖天開見問，好一會出不了聲，直到耳際聽到了王朝的一下冷笑聲——那一下冷笑聲，竟像是有一柄利劍，自他的身中，直刺了進去！

他陡然乾了一杯酒，鼓足勇氣：「大哥，就是那『許願寶鏡』——」

他一句話沒有說完，曹普照已霍然起立，神色更是難看，伸手指向陰差，厲聲道：「兄弟，這傢伙見人說人話，見鬼說鬼話，他對你說了些甚麼？」

祖天開也站了起來：「說……說了些……」

祖天開說不下去，因為陰差並沒有向他說了多少，陰差和王朝作竟夜之談，他對王朝說的才多！

曹普照嘆了一聲，望向祖天開：「兄弟，再也別提此事，可好？」

祖天開為難之至，又向王朝望去，只見王朝雙手抱膝，臉向着天，竟連看也不看他！

祖天開發急，用力一跺腳：「這……究竟是甚麼寶貝，要了有甚麼用？到陰間有甚麼好？」

曹普照也轉過臉去，顯是不願再提，祖天開雙手緊握着拳，趕到曹普照的身前，聲音發顫：「大哥，瞧在你我的兄弟之情上——」

他話沒有説完，曹普照就雙手一起握住了他的拳頭，接了上去：「看在兄弟之情，就再也別提此事！」

他們兩個人，全是身形巨大的大個子，四隻拳頭握在一起，各自又撕心裂肺地在講着話，當真是驚天動地。

王朝在這時，站了起來，看來神情輕鬆，走向前來：「曹爺，那寶貝想來一定神奇無比，拿出來讓我們開開眼界，難道也不能嗎？」

王朝這幾句話一出口，祖天開首先大大地鬆了一口氣。他以為王朝改變了主意，不再想要那許願寶鏡，只是要求看一看。

這「看一看」的要求，若是曹普照也不肯答應，那當真是太沒交倩，祖天開也準備翻臉了！

祖天開向後退了兩步，在等着曹普照的答覆，曹普照一言不發，寒着臉，看來，真像是「看一看」都不肯！

祖天開忍無可忍，大聲呼叫了起來。

十一、陰謀逐步發動

祖天開叫道：「哪怕那東西能度你升仙，以你我的交情，看一看也不能？」

曹普照的反應十分怪，他向陰差望去，像是徵求陰差的同意。

陰差不看曹普照，口中唸唸有詞，像是自言自語：「早說過了，結義兄弟，就和自己一樣。當年歃血為盟，秉告天地之時，誰都說過『不能同年同月同日生，但願同年同月同日死』這種話，還分甚麼彼此！」

他說得聲音很低，但倒也人人聽得見。

曹普照越聽，神色越是難看。等到陰差說完，他伸手指指向陰差，像是想替自己分辯幾句，可是終於沒有說甚麼，一頓足，沉聲道：「好，我就取出來，讓好兄弟你看上一看！」

他雖然仍口稱「好兄弟」，但是心中不快，誰都可以聽得出，祖天開見自己硬逼着義兄去做他那麼不願做的事，心中也不好過。聽了這樣的話，臉上一紅，自然甚麼也不敢説。

曹普照雖然心中不快，但也沒有少了禮數，在向內室走去時，不忘拱了拱手：「請稍待，我把那寶物取了就來！」

當他這樣説的時候，又向祖天開看了一眼，看樣子像是要相邀祖天開一起去——以祖天開和曹普照的關係，自然可以直入內室的。

祖天開已經抬起腳來，準備曹普照一開口，他就跟着一起去。

可是，曹普照卻只是望了一眼，並沒有開口，就大踏步走了出去。

祖天開心中不是味，轉過身來，不免埋怨王朝：「你也是，那東西看來，他看得……極重，你為甚麼非要看不可，若你改變了主意，我這就追上去，叫他別拿出來了！」

王朝的神色難看之至，一張臉，簡直如結了一重霜，他先冷笑一聲，然後伸手直指，連名帶姓地叫着，把聲音壓得極低，道：「祖天開，你小心聽着，一個字也別漏。等他拿了那東西出來，我一接到手中，會掉頭就走，你就要在那時出手，攻其不備，使他不能追我。這一下偷襲，若是你不全力以赴，一出這屋子，你走你的陽關道，我走我的獨木橋。你要是再在我的身邊糾纏不清，你就是豬狗不如的畜牲，天打雷劈的雜種！」

王朝這一番一口氣說將出來，字字都像是利刃一樣，刺進祖天開的身中，聽得祖天開如同五雷轟頂一樣，全身冰涼。

一則由於王朝在說這番話的時候，神情可怕之極，鐵青的臉上，罩着一重殺氣；二則也由於那番話的內容，簡宜匪夷所思。隨便叫祖天開怎麼想，也想不出王朝竟會有這樣的主意！

一時之間，他呆若木鷄，張大了口，不知如何才好。王朝的神情，漸漸回復了正常，可是說出來的話，更令人心驚肉跳：「我不管你們是甚麼天殺的結義兄弟，你不照我的話去做，我就照我的話做！」

祖天開總算從極度的震驚之中醒了過來，雙手亂搖，也不知是要王朝別亂來，還是想表達甚麼。

王朝不再理他，自顧自轉過身去，背負雙手，看來十分飄逸瀟灑，正在欣賞牆上的一幅山水畫。

祖天開只感到自己非但不是一個在江湖上叫不少人聞名喪膽的大豪，簡直如同一個迷路無助的小孩子！

他不得已，向陰差看去。陰差冷冷地道：「聽不聽王兄的話，依我說，全看你和王兄的情分重，還是和姓曹的情分重而定——這話，在未來之前，王兄已問過你，還是由你自己定奪吧！」

祖天開聽得陰差這樣說，陡然震動了一下。

衞斯理聽祖天開說到這個骨節眼上，也陡然震動了一下，他舉起手來，叫道：「等一等，有一些……很不合情理的情形！」

祖天開的神情痛苦，他那段往事，不說出來，埋在心中，固然如毒蛇嚙心，但是把往事再說一遍，自然也須忍受大痛苦！

他道：「我據實而説，往事歷歷在目，印象太深刻了，每一個細節，我都記得起來。」

衞斯理吸了一口氣：「那許願寶鏡，是陰差交給曹普照的，當時，陰差又曾千叮萬囑，叫曹普照連妻兒都不能提，何以陰差不但在黃鶴樓先向你們洩露了秘密，而且，又一心想王朝得到那寶鏡？」

衞斯理在提出這個不合情理的情形時，同時也望向白素，問她的意見。

白素沒有出聲，祖天開答了等於沒答，他道：「我不知道陰差的心中想些甚麼。」

白素徐徐道：「確然不合情理，陰差當然另有目的！」

祖天開忽然聲音發顫：「陰差……這……陰差……真的是陰差……真的是從陰間來的……」

衞斯理和白素向祖天開望去，祖天開嘆了一聲，雙手在面前揮動着。

過了一會，他才道：「讓我把事情……循序説下去！」

衞斯理還是說了一句：「許願寶鏡落在王朝的手中，對陰差有甚麼好處？」

白素垂下眼瞼：「除非——」

她只說了兩個字，就抬眼向祖天開看了一眼。那意思衞斯理自然是明白的：除非陰差和祖天開一樣，性好男色，意圖討好王朝。

祖天開居然也聽懂了，他大搖其頭，極其肯定：「不會！不會！後來他得了寶鏡，陰差不知所蹤，再也沒有見過他！」

以後事實的發展如此，那麼這個假設，自然也不能成立了。衞斯理作了一個手勢，請祖天開往下說，同時，他也不免緊張，因為事態必然是越往後發展，越是驚心動魄。那時，祖天開已被逼到無可轉圜的地步了——他既然絕不可能放棄王朝，那就唯有照王朝的話行事了！

問題是當時，曹普照才一走，王朝就有了周密的行動計劃，而且在言語上，得到陰差的配合，這一切是不是有可能，是王朝和陰差早已計劃好的？

當時，祖天開只覺得腦中轟轟作響，他自然無法再作分析，他只覺得喉際發乾，他先喝了一大碗酒，走到王朝的背後，王朝卻不等他走近，就走了開去，連頭都不轉過來向他望一眼。

祖天開又覺得全身燥熱，無緣無故，出了一身汗，他只盼曹普照帶了那寶物，遠走高飛，再也不要出現，那麼他就可以不必為難了。

但是這種異想天開的願望，自然不會實現。曹普照確然去了相當久，但是靴聲響起，一聽就知道那是一個身懷絕技的人的腳步聲，自然是曹普照回來了！

王朝在這時候，才倏然轉過身，目光如冷電也似，在祖天開的臉上掃了一掃，掃得祖天開機伶伶地打了個寒戰，其時，曹普照已進來了。

曹普照的手中，捧着一隻檀木盒子，不是很大，他把那盒子，往桌上一放，手按在盒上，目光射向祖天開、王朝和陰差，緩緩地道：「這東西，是陰先生給我的。在這以前，我根本不知道世上有這東西，也不知道竟真有陰間，也不信陰先生自陰間來。但陰先生又告訴了我不少話，而且這東西又確有不少神奇不可思議之處，我這才悟了。陰先生又曾叮囑我——」

他說到這裡，頓了一頓。

剎時之間，曹普照一住了口，就靜得出奇，各人幾乎都可以聽到他人的心跳聲。

曹普照忽然冷笑一聲：「既然結義兄弟，無分彼此，陰先生當日的那番話，我也不重覆了。反正陰先生是原物主，這寶物的奇妙之處，他素所深知，誰想知道，只要陰先生願說，也沒有人會阻攔！」

這一番話，分成了兩段來說，實在表示了他心中的不滿，祖天開一言不發，王朝倒像是沒事人一樣，走向桌子，笑殷殷地道：「是甚麼樣的寶物，倒要一開眼界！」

他在向前走來之時，經過祖天開的身邊，伸肘輕輕在祖天開的腰際，碰了一下。那一下，碰得祖天開如同遭了雷殛一般。

曹普照講完，後退了一步，王朝恰好走向前，也就老實不客氣，打開了盒蓋。

就算在這樣的時候，祖天開也不想去看盒中究竟是甚麼寶貝，他的視線，只是在王朝身上盤旋。

接下來發生的事，對祖天開來說，完全不由他自己控制，控制了他行動的，是王朝的那一番話。

他只看到王朝在盒中取出一樣東西，陰差在這時，發出了一下怪聲。緊接着，王朝身形微弓，以極快的勢子，倒射而出，一下子就在祖天開的身邊掠過。

王朝的動作快絕，祖天開甚至從來也不知道他有那麼好的身手，這時，祖天開只想到一點：事情開始了！

王朝的行動快，曹普照的反應也絕不慢，王朝身形才動，曹普照身形一長，一伸手，已向王朝當胸抓來。

王朝身子疾退，在祖天開的身邊掠過，曹普照要伸手去抓王朝，他的心口，也必然和祖天開正面相對。在武術上，這種情形，稱之為「中門大開」，等於是把他自己賣給了對方！

本來，以曹普照的武學修為和江湖閱歷來說，是絕不應該有這種情形出現的。

可是，當時他只想到，要儘快把王朝抓回來，而在他面前的又是他的結義兄弟祖天開，是曾和他出生入死，有過命交情的好兄弟！

常有師父教徒弟：「學武的人，不論在甚麼情形之下，都應該一絲不苟，照規矩去做，絕不能疏忽。不要以為在這種情形下，可以不做足功夫——很多情形下，就在萬無一失的境況中失了手的！」

曹普照的師父，一定也曾這樣教過他的。

但曹普照這時，就只顧去抓王朝，而忘了去防備祖天開了。而祖天開就在那電光石火的一剎間，一拳向曹普照當胸打出！

他在打出那一拳之際，耳際響起了王朝轟然的聲音：要是少用了一分力，那就……

所以，他這一拳，使足了力，「砰」地一聲響，齊齊正正，打在曹普照的胸口，打得曹普照發出了一下怪異之極的聲響，「騰」地向後退出了半步。

曹普照的武功，當真了得，在全無防備的情形之下，中了祖天開這樣力可千鈞的一拳，居然只退了半步，而且，立刻展開了反攻。

祖天開在一拳打中了曹普照之後，沒有繼續出手——因為王朝沒有進一步的指示，他就不知怎麼做，所以，才給了曹普照立刻反攻的機會。

等到曹普照的反攻一來，祖天開倒立刻就可以接招。他們兩人，在一起久了，對對方的武術招數，再熟悉也沒有。而且，以前常在一起拆招，所以，曹普照一開始反攻，雖然攻勢猶如排山倒海一樣，但是祖天開見招拆招，一一擋了回去。

這兩條大漢一動上了手，舉手投足之間，勁風驟生，雖然兩人都是悶打，但也已經驚天動地。

兩人在極短的時間中，已拆了十來招。祖天開記掛着王朝，他看到王朝已疾退而出，奇的是，陰差也急急在離開，但是他卻奔向內室！

武術高手，雖然強敵當前，出手如狂風，如驟雨，但一樣能目觀四方，耳聽八路。陰差忽然奔向內室，曹普照這才大喝一聲，猶如半空之中，起了一個暴雷，一拳一腳，將祖天開逼退了半步，一個轉身，向陰差疾追了上去！

曹普照突然後退，祖天開一拳打了個空，一時之間，呆在當地，竟不知如何才好。

這時，總管帶着幾個人，奔了進來，疾聲問：「怎麼了？祖叔，甚麼事？」

祖天開雙眼睜得老大，雖然從頭到尾，他都身歷其境，但是究竟發生了甚麼事，他真還說不上來！

總管看了祖天開這模樣，一頓足，帶着人也直向內室的方向追去。

祖天開這才想起，曹宅之中，人人會武，王朝帶着寶物逃走，遇上誰也得吃虧，自己還是先去保護王朝的好，所以他大叫一聲，以發洩心中的混亂，向着王朝奔出的方向，追了出去。

祖天開那時，頭腦中一片混亂，追出了一條走廊，穿過了一個院子，都不見王朝。

而忽然之間，聽到人聲沸騰，好多人一起在叫：「老爺死了！老爺歸天了！」

叫聲雜亂之至，但千真萬確，叫的是「老爺死了」！

祖天開再聽到一下「老爺歸天了」，腦中就「轟」地一聲響。

宅中各人亂叫亂嚷，他們口中的「老爺」，自然是曹普照。曹普照怎麼會死了？在祖天開的印象之中，曹普照是不死的，他怎麼會死的？

難道曹普照是給自己出其不意的那一拳打死的？算來絕無此理，那麼，他是怎麼死的？

他心亂如麻，一面急速轉念，一面已返身奔了回去，他奔出了不到十多步，忽然之間，喧鬧的人聲，陡然之間靜了下來。

突然而來的寂靜，比突如其來的喧鬧，更是可怕，令得祖天開突然停了下來。

他才一停步，就聽到一下淒厲之極的女人尖叫聲，自內室處傳來。一切事情，都來得那麼突然，祖天開實在不知如何才好。

他不知厲聲呼叫的是甚麼人，但總是曹家的內眷，所以他又向前疾奔了出去，才一進入另一個院子，他就整個人呆住了！

那院子很大，是巨宅中好幾個作為練武場之用的院子之一——上次祖天開來的時候，巨宅之中，賓客雲集，各門各派，各路人馬都有。有許多成名人物，也有不少人想趁這樣百年難逢的機會，揚名立萬。所以各個院子中，從早到晚，都有人在演武，甚至對拆。

祖天開也在酒後，受不了一干人的慫恿，演了他的霹靂刀法，一把大環金刀，舞得旁觀者眼花撩亂，采聲不絕，叫人咋舌。

現在，祖天開闖進來的這院子，是專供打梅花樁用的，樹着幾十根高高矮矮，碗口粗細的棗木樁。那棗木何等堅硬，但是樁頭也都被踩得光禿，由此可知曹家上下練功是如何之勤。

但現在，祖天開所前看到的情形之驚人，僥是他久歷江湖，別說見死人是一件尋常之事，死在他拳頭刀鋒之下的人，也不在少數，甚麼樣的死亡情景沒有見過？

可是這時，他仍然不免頭皮發炸，全身冰涼！因為他看到的情形，實在太詭異、太恐怖了！

他看到幾乎每一根木樁之旁，都有一個人。那些人，祖天開有的認識，有的沒見過。認識的，包括了總管，曹家的子姪。

那些人，有的抱住了木樁，有的倚着木樁，有的跌倒在木樁之旁，毫無例外，都是一片漠然的神情，雙眼睜得老大，可是卻空洞得像是一個深淵——他們當然全死了，可以看出死亡是突如其來的，沒有一個人能在死亡之前想一想，究竟發生了甚麼事，所以在死後，才會出現了這樣漠然的神情。

祖天開也立刻看到了他的義兄曹普照。曹普照背靠在最高的一根關樁旁，微微抬頭向天，神情與眾不同，竟然大有嘲弄的神情，雙眼睜得極大，也不知道他是怎麼死的，因為全身上下，看不出一點傷痕。

祖天開深吸了一口氣，向前走去，每經過一個死人之旁，他都企圖伸手去撫下死者的眼瞼來，可是都不成功。

他終於來到了曹普照的身前，手發着抖，也想令曹普照閉上眼，可是一樣不成功。

他的喉間，發出格格的聲響，這時，他心頭的恐懼和震驚，也到了極點！

以他的經驗來說，人是怎麼死的，他只要看一眼，就可以知道。

可是這裡有那麼多死人，是怎麼死的，他卻一點也說不上來。

沒有一個人有傷痕，若說全是內傷死的，七竅之中，說甚麼也會有血絲滲出來。可是所有的人，都乾乾淨淨。若說是中了毒，那麼膚色必然起變化，可是這些人，卻又膚色如常！

看起來，這些人之所以由活人變成了死人，沒有別的原因，就是因為生命在忽然之間，離開了他們！

而且，祖天開知道，這一切，都是在極短時間之內所發生的——他聽到許多人在叫「老爺死了」，「老爺歸天了」，那自然是有一羣人，發現了曹普照的屍體。叫嚷的那些人，當然就是現在在院子中的那一羣。

他們的叫聲，是突然之間靜了下來的，由此可知，他們的生命被奪走，就是在那一剎間發生的事！

是甚麼力量令得好幾十人，個個都是武學高手的人，一下子都喪失了生命？祖天開身子如同浸在冰水之中，他無目的地揮着手，首先想到的是，陰司地府中的拘魂使者，似乎只有拘魂使者才有這種力量！

十二、陰風慘慘拘魂奪魄

其實祖天開根本無法好好地想，眼前的情景太驚人了！根據他的知識程度，他就自然而然，想到了類似「拘魂使者」這樣的情形。

當他向衛斯理和白素兩人敍述往事時，講到這裡，他停了一會，喝了很多酒，身子一直在發抖，好一會，他才道：「那陰差……他真是陰間來的……拘魂使者，拘人魂魄，帶到陰間去。」

衛斯理和白素等他作進一步的解釋。祖天開道：「我接下來看到的情形……這一輩子也不會忘……也和他商量過，他也同意……陰差真有拘人魂魄之能！」

衛斯理嘆了一聲：「你別先說結論了，把接下來發生的事，告訴我們就行！」

祖天開倒也坦白：「我不是故意不說，而是即使事隔多年，回想起來，仍令人心悸，所以要緩一口氣。」

白素很體諒他：「只管慢慢來！」

有了白素的話，衞斯理也就不好太催他，所以又過了好一會，祖天開才再開始敍述。

當時，他想撫下曹普照的眼皮不果，又意識到這麼多人，是一下子死了的，心中發怵，全身冰冷，不知如何才好。就在那時，又有嘈雜的人聲傳來，似乎是從好幾方面，傳向內室。

祖天開知道，曹普照的內室，是這幢巨宅的中心，子女所居，圍着這個中心，那是建造時故意如此的，以便老爺一聲號令，各子孫可以一下子就從四面八方趕到。

剛才祖天開在院子中看到的那麼多死人，就是其中一個或兩個子女的全家和僕傭。

現在又有人聲傳來，當然是其他各子女率領家人，到內室去了。

祖天開看着眼前那麼多死人，心想現在在呼叫的人，也可能在剎那間喪生，真是不寒而慄。

他想到這一切禍事，都和自己脱不了關係！當時已經想腳底抹油，溜之大吉，和王朝會合之後，自此遠走高飛。但在其時，又有女子的尖叫聲傳來，聽來彷彿是曹夫人的叫聲。

祖天開對於自己重重打了義兄一拳，很是內疚，而且他不是心地太壞的壞人，一靈未泯，心想曹夫人有難，自己不能坐視不理！

（這一段心理變化的歷程，是祖天開自己說的——人在這樣的情形下，總不免會自己塗脂抹粉，説些好話。不過衞斯理和白素，倒很相信即使有誇大，成份也不多。）

祖天開決定了到內室去救援，為了壯膽，他一聲大喝，雖然那是夜行人吹口哨，但是氣勢也極壯。接着，他一側身，負起了曹普照的屍體，大踏步向前走去。

他才離開那個院子，和內室還有一段距離，就和一羣約五六十人，從不同的方向，進入了另一個院子。那五六十人，已經個個舉着刀槍，看到了祖天開，陡然呆了一呆。

接着，看到了祖天開負着的曹普照的屍體，當場就有二男一女，嗷嗷叫着，撲了上來。祖天開倒認出他們是曹普照的子女，心想對方一定認為自己是殺死曹普照的兇手了，在這樣兵荒馬亂的時候，想要解釋，卻是困難之極。

眼看刀光霍霍，三柄利刃，已向他攻到，陡然之間，天色忽然暗了一暗，一團陰風，疾捲了過來，來勢快速無比。而且，真的是陰風慘慘，所帶來的那股寒意，令祖天開這樣的壯漢，也感到奇寒徹骨，機伶伶地連打了好幾個寒戰。

真的只是眨一眨眼的功夫，那團陰風，先是捲向撲向他的三人，那三人立時沒有了聲息，身子慢慢軟倒。

那三人還沒有倒地，陰風又倒捲了回去，只一個盤旋，五六十人，個個聲息全無，一色地身子軟倒——想像之中，若是他們身邊有木樁的話，會在最後的一刻，抱住了木樁，或倚向木樁。

那個院子中的幾十個人，包括曹普照在內，就是這樣死的！

陰風慘慘，追魂索命！

祖天開被這種景象震撼得全身僵硬，連眨眼都不能。

那團陰風，在盤旋了一大圈之後，又轉了一個小圈，這才向內室的方向捲去。

當祖天開敍述到這一段時，衞斯理和白素，同時「叫停」：「等一等，請停一停再說。」

祖天開停了下來，不住地喘着氣，那情形就叫着「猶有餘悸」，不過這一「餘」，竟然有六十年之久，也是罕見之至了。

白素提出要求：「請你再說一遍！」

衞斯理立時明白了她的意思。因為祖天開剛才所說的情形，完全不可思議，而且也不合情理，說他是胡說八道，一點也不冤枉他——他也確然有胡說八道的可能。因為當日，若是他曾下手殺人，這番胡言亂語，就可以為他的罪行開脱。

而如果是在說謊，再說一遍，就會有前言不對後語之處，必有破綻。

祖天開卻很是順從，把他進入了另一個院子之後發生的事，又飛快地說了一遍。

這一遍，和剛才所說的，雖然未必個個字都相同，但是所描述的情形，卻是一樣的。

衞斯理先問：「一團陰風？何以你用『一團』，而不是『一股』陰風？」

祖天開道：「那確是一團！」

衞斯理搖頭：「風怎麼是一團一團的？」

祖天開像是在此之前，並未曾想過這個問題，所以這時，認真想了一會，才道：「確是一團，你可曾見過成團的蚊子羣？天將黑時，成羣的蚊子飛起來，就是一大團忽東忽西的！」

白素道：「你的意思是，那陰風，不但有形狀，且是有顏色的？」

祖天開點頭：「是，灰濛濛的一大團——」

他用手比了比，約有一公尺直徑：「一捲過來，天愁地慘，連天色都暗了，不過沒有聲音，反倒是所到之處，原來的人聲，立時斷絕。」

衞斯理和白素都不出聲，皺着眉。

祖天開道：「你們以為那不是拘人魂魄的陰風？若不是，那是甚麼？」

白素又問得很小心：「你的意思，事後你和王朝討論的意思是，那陰風是陰差放出來的？」

祖天開瞪大了眼：「不是他是誰？我沒見他放那團陰風，可是卻見他把那團陰風收回去，原來那是一隻環放出陰風來的，那必然是陰司之寶，陰風環。」

衞斯理和白素越聽越奇：「陰風環？一放出來，就化為一團陰風，拘魂奪魄？」

祖天開道：「是啊，魂魄都被拘走了，人自然也立時三刻就死了！」

衞斯理和白素兩人都搖着頭，神情古怪之極——這是任何人聽到了這樣的事情之後的必然反應，那絕不應該是現實中會發生的事，只有在神怪小說之中，才會有這樣的描述。

祖天開本身，可以說是武俠小說中的人物，武俠小說中的人物情節，在現實中有可能發生。會不會他在武俠小說的基礎上發揮想像力，以致產生了神怪小說中才會發生的事的想像。

祖天開看出了兩人的疑惑，他十分惱怒，提高了聲音道：「你們說，苦主已出現，遲早要殺我報仇，我又不準備反抗，將死的人了，何必還要編謊言來騙你們？」

祖天開的這一番話，倒具有高度的說服力。人之將死，其言也善，他實在沒有再說謊之理！

白素先道歉：「對不起，祖老，實在是因為事情太離奇了！」

祖天開一指衞斯理：「小蔡告訴我，他經過再離奇古怪的事，陰間的拘魂使者放法寶拘魂，也不是太離奇的事！」

衞斯理知道，由於「拘魂使者奪人魂魄」這樣的事，在民間傳說之中，有豐富的內容，所以祖天開就認為不太離奇，因為他在觀念上可以接受民間傳說。

但是衞斯理和白素，根本不相信民間傳說會是事實，所以覺得事情離奇之至。

這時，他們初步的假設是：陰差作為陰間的代表，握有建立陰間力量的一樣厲害武器，可以在極短的時間之中，致人於死。

而這武器的形狀，像一個環——當衞斯理一想到這一點時，他心中一動，問：「你說那陰風由一個環放出來，那環有多大？」

祖天開吸了一口氣：「放出來時，會變得多大，我不知道，只見到被收回去時，嵌進了一隻扁盒子中，只有兩寸直徑，比指環大，比手鐲小。」

衞斯理和白素聽了，聳然動容——衞斯理已把酒會上的情形，全告訴了白素。

那隻奇重無比的盒子，亞洲之鷹托那怪人帶來給衞斯理的，說是來自陰間，看來真的是來自陰間。

不但是來自陰間，而且那是一個古怪的環的容器——那環放出來，會帶起一團陰風，取人性命剎那之間，是一件可怕之極的殺人武器！

而如今，只得一隻空盒，那隻「環」不知何處去了！

衞白二人好一會不說話，祖天開反倒催他們：「可以繼續說下去？」

衞斯理道：「請，越詳細越好！」

祖天開神情肅穆：「眼看這麼多人，突然死了，心中實在吃驚，只當下一個必然輪到自己，可是那團陰風，卻沒有捲向我——」

那團陰風沒有捲向祖天開，向內室捲去，那個方向，已有喧嘩的人聲傳來，夾雜着女人的叫聲。祖天開一咬牙，心想是福不是禍，是禍躲不過。他提氣向前疾奔而出，奔進了離內室最近的一個院子。

奔近那個院子之前的三步，他還聽到院子中人聲鼎沸，可是當他進了院子，早已一片死寂。只見已死的人，正在緩緩倒下，又是好幾十人，猝然死亡！此情此景，像是死神親自降臨了一樣。

極度的恐懼和震驚，反倒令祖天開變得麻木了。這時候，他只想到了一件事：這宅子中的所有人都得死，不會有一個倖存！不知道王朝離開了這宅子沒有？不知道自己不明不白死在這裡之後，他會不會想念自己？

祖天開雖然知道，有這一連串的事發生，起因都是由於王朝要得到那「許願寶鏡」。可是他在感情上偏祖王朝，不會怪王朝貪婪，反倒有點怪曹普照：用全家上下，近百人的生命，去保護那寶鏡，值得嗎？

他一面思緒紊亂地想着，一面大踏步向前去，肩上仍然負着曹普照的屍體。在他向前走的時候，有的死人，身子緩緩倒向他，他連看都不看，就伸手橫肘，把死人推了開去。

這時，那團陰風，在奪走了那麼多人的生命之後，在院子中一個盤旋，祖天開已準備隨時被它把自己的魂魄拘走，他甚至想到，人的魂魄被帶走時，不知道是不是會有抽筋剝皮的痛楚？

然而，那團陰風，並沒有向他襲來，在打了一個轉之後，投向內室。也就在那時，祖天開看到了一個奇特之極的景象。

他看到內室的門，陡然從內打開，門開處，身形矮胖的陰差，右手拿着一隻打開了蓋子的扁平盒子，右臂直伸向外。

這時，祖天開又聽到了女人的尖叫聲，但由於眼前的情景實在太奇特了，所以他竟然未能去看清楚發出尖叫的女人究竟是甚麼人。

他看到，陰差右手高舉，那團陰風，正在迅速縮小，極快地，在接近那盒子的時候，化成了一隻小小的圓環，無聲無息，投入盒中。陰差一抖手，盒蓋蓋上，他的右臂向下一沉，像是那盒子很是沉重。

衛斯理再度請祖天開暫停：「那圓環……不，那盒子中有一個凹槽，恰好可以放下那個圓環，你注意到了沒有？」

祖天開遲疑了一下：「或許有，但是我沒注意到，只看到圓環一到了盒子上，就不見了，如同和盒子溶為一體，那可能是嵌進了凹槽之中。」

衛斯理和白素互望，心中都道：「是那隻盒子了！」

衛斯理再問：「陰差他……如何處理那盒子？」

祖天開用力抓頭：「這……由於我接着看到了曹夫人，所以……沒有注意。我只是想到，陰差原來真是陰間來的拘魂使者，會放出拘魂的法寶。」

衛斯理長嘆一聲──他不知道自己為甚麼要嘆息，只是覺得非嘆息不可，事情太複雜，也太難以想像了。長嘆一聲，可以使心頭的鬱悶減輕一些。而這種鬱悶，是由許多不可解的謎團結成的。

祖天開在圓環歸入盒子之後，就看到了曹夫人。他看到，陰差的左手，緊緊抓住了曹夫人的手腕，雪白的手腕，已被陰差抓得有點紅腫。曹夫人正在竭力掙扎，手拉腳勾，想藉門框的力量，阻止陰差把她拉出去。

可是看來效果不大，她正逐寸逐寸，被陰差自內室之中，扯將出來。

一看到這等情景，祖天開只覺得氣血翻湧，怒意直衝頂門——他是一個懷舊觀念的江湖人，他的觀念是：你殺了曹普照，自然是深仇，但誰知道你們之間有甚麼糾纏，江湖人早把生死置於度外，死了也無話可說！

可是，你竟然這樣對付曹夫人，曹夫人是祖天開的大嫂，這就欺人太甚了！

祖天開怒意冲天，大喝一聲：「姓陰的，你幹甚麼？」

這時，他一切豁了出去，也顧不得陰差是拘魂使者的化身了。

他那一聲大喝，聲威驚人，陰差立時向他望來，只見他的神情，陰森之極。

也就在那一剎間，曹夫人伸過頭去，張口向陰差的手上就咬。

那一咬，令陰差甩開了手，曹夫人身子一個不穩，跌進了內室。祖天開也在那一剎間，身形一閃，已經到了內室的門口，阻擋了陰差和曹夫人。

陰差沉聲喝：「讓開！」

祖天開和陰差的目光一接觸，被陰差眼中的那種森然的寒意，逼得向後退了一步。他在那時，只想先阻擋一下再說，所以他在一踏進了內室，立時就關上了門。

他聽到了兩下呼叫聲，同時傳出來。門外，是陰差憤怒的吼叫聲。門內，是曹夫人悽慘欲絕的慘叫聲——她已看到了祖天開肩頭上曹普照的屍體！

她撲了上來，祖天開把曹普照放在一張椅上，曹夫人撲了上來，跪在地上，自她的咽喉之中，發出充滿了悲慘的嗚咽聲。

她並沒有放聲號哭，但是這種嗚咽聲，聽了更是令人肝腸寸斷！

祖天開在一旁，一句話也說不上來，他老大的個子，就這樣呆立着不動。只聽得門砰然作響，已被陰差撞了開來，陰差當門而立。曹夫人停止了嗚咽，慢慢站了起來，盯着陰差看。

她是一個絕色美人，雖然這時披頭散髮，滿面淚痕，但是那令她看來楚楚可憐。陰差的喉際，發出「咯咯」的聲響，神情怪異。

曹夫人也沒有尖叫，雖然她的聲音之中，充滿了悲哀，但是仍然有恰如其分的優雅，她指着陰差，水葱也似的手指在發顫，她問：「你……究竟是甚麼？你是人還是鬼，你究竟想要怎麼樣？」

她的責問，甚至不是強有力的，可是陰差卻像是很有忌憚，雙手搖着：「你聽我說。你聽——」

曹夫人搖頭：「不，我不聽了，老爺……就是聽了你不知甚麼話，才會落得這樣，我不聽了！」

她說着，又伏向曹普照，背向着門口。陰差走了過來，伸手想去拍她的肩頭。祖天開大喝：「別碰她！」

陰差並沒有停手，祖天開「呼」地一拳，劈面門打向陰差——這時，祖天開已經橫了心，置生死於度外了，他也沒有想到自己打出這一拳之後會有甚麼後果。他只想到，陰差既然是拘魂使者，自然也不會那麼容易，就叫自己打中了。

可是，事情大出乎祖天開的意料之外，他一拳打出，陰差竟不能避開，「砰」地一聲，正打中在臉上，打得陰差連退了三步，登時鼻腫臉青，鼻血長流。他又伸手抹了一下，變得滿臉是血，看來可怕。

而祖天開那一拳，拳風很勁，令得伏在曹普照身上的曹夫人，身子向後一仰，跌倒在地。

祖天開看到，曹夫人的神情哀傷莫名，可是那卻是一種靜態的哀傷——永遠不會消退，也永遠不會再加深。一柄匕首的柄，露在她的心口處，整柄匕首，自然都已插進了她的心口！

曹夫人死了！剛才她伏向曹普照時，暗中以匕首插入了自己的心口，立時氣絕身亡！

祖天開雖然就在她的身邊，但是竟未能阻止，因為他根本不知道，也想不到。

盯着曹夫人的屍體，祖天開只是僵立着。而陰差這時，也發現曹夫人死了。

十三、何處覓仇人

陰差一發現曹夫人已死，他的反應，怪異莫名。他發出了一下慘叫聲，腳步踉蹌，向曹夫人走來。祖天開又揚起一拳，再待打出，可是他看到陰差盯住了曹夫人，他滿是血污的臉上，竟現出了哀傷之極的神情。

祖天開呆了一呆，看來，陰差對於曹夫人的死，竟是傷心欲絕！

那麼殺人不眨眼的兇徒，怎麼會對曹夫人的死感到哀傷呢？

祖天開的那一拳，遲了一遲，沒有打出去。陰差的手發抖，伸出來，像是想去碰曹夫人，但是伸到一半就縮了回來。

他閉上眼睛，又往自已的臉上抹了一抹，他一直在流鼻血，再把血抹了開來，看來也實是怪異。

他抬頭向天，喉間發出了一連串的怪聲，突然轉過身，大踏步向外走去。

這時，整個巨宅之中的人都死了，靜得出奇。所以陰差一面向外走去，一面所發出的嚎叫聲，一直等他走得老遠，猶自隱隱傳入耳中。

祖天開一直呆立着，直到完全聽不到任何聲響了，他才陡然省起，自己死裡逃生了！

想到自己死裡逃生，恐懼也隨之而生，他立時也灑開大步，向外奔去。

祖天開在大宅中的經歷，到此為止。

衞斯理和白素卻知道，巨宅中人，並不是「全死了」，而是有一個七歲的孩子活了下來。

這個孩子，祖天開也見過，曹夫人曾帶他出來，見過客人——那時，誰也想不到會有這樣的慘事發生。

衞斯理望着祖天開，等他再說下去。祖天開攤開大手：「完了，我飛奔出宅子，一口氣奔到了那土崗之上，見到王朝在那裡等我。我見了他，拉了他的手，又一口氣奔出五七里，這才停了下來。」

衞斯理仍然望着祖天開，祖天開道：「以後，再也沒見過陰差，我和他兼程趕路，只求離開天河口越遠越好。不幾天，江湖上已沸沸揚揚傳說曹普照一家大小，盡皆離奇死亡一事。傳說的人，都說必然是有瘟神進了曹家大宅，所以才會有那麼可怕的事情發生，真正的內情，怕只有我、王朝和陰差三個人才知道了！」

衞斯理道：「不，還有一個當時只有七歲的男孩——你也見過這孩子，他是曹普照的小兒子！」

祖天開「啊」地一聲，神情大是惘然。

過了一會，祖天開才道：「是，是，我見過這孩子，是，你一來就對我說了，這孩子沒有死。可是當時我自己死裡逃生，根本沒注意這孩子，死人也太多，大大小小都有，我也沒逐個仔細去看，根本不知道那孩子的生死！」

他說了之後，又喘了幾口氣：「這孩子居然長大了，又有了下一代？要來找我報仇?很好!很好!曹大哥總算有後，可比我和王朝好多了，人孰無死，死了絕後，這才是悲哀!」

像祖天開這樣的人，未必真為自己絕後而悲哀，他多半是想到了王朝的後代王大同成了瘋子，自然不能再為王朝傳宗接代而難過。

白素向衞斯理招了招手，衞斯理來到了白素的身邊，兩人握着手——白素這樣做，是想衞斯理認同她將要發表的意見。

白素道:「照祖老的敍述來看，曹宅當年的滅門巨災，罪魁禍首，應該是王朝。」

事隔那麼多年了，白素一提出這一點來，祖天開還是為他辯護:「也不能全怪他，那陰差必然曾經用言語播弄，先騙了曹普照，再煽動了王朝!」

白素點頭:「是，陰差當然是禍首，你除了打曹普照一拳之外，並沒有出手，王朝更是搶了寶鏡就溜。人全是陰差殺的，是陰差祭起了一團陰風，令人致死的。」

祖天開點頭，長嘆一聲，神情痛苦。

白素續道：「整件事中，你並沒有甚麼大過錯，曹普照的後人要找你報仇，你為甚麼要承擔？」

祖天開愴然失笑：「我打了曹大哥一拳，人是我帶進巨宅去的，我脫不了關係。若是早幾十年，我或者還會為自己辯護，現在，決計不會。曹家後代，必然要報這血海深仇，王朝已死，陰差下落不明，就讓他們來找我好了，皺一皺眉頭的，不算好漢。」

祖天開說了之後，胸脯起伏，顯得很是激動，過了一會，又道：「曹家的後代，若是不報此仇，只怕會一直苦痛莫名，就像這些年來，我一念及害了曹大哥一家，就像心裡有毒蛇在咬一樣。用我一條老命，去換曹家後代的好生活，應該之至！」

白素嘆了一聲，祖天開當年縱有不是，但現在所說的這番話，卻合情合理之至，不失江湖豪俠之風！

雖然他和白素，對於古代式的「報仇」行為，都不敢苟同——在現代文明社會之中，曹金福若是殺死了祖天開，就算是祖天開自願受死，曹金福一樣逃不了殺人罪！

衛斯理沉聲道：「應該讓曹金福明白整件事的過程！」

白素「嗯」了一聲：「曹金福很明白，真正的血海深仇，是來自陰間的陰差——可是，事隔六十年，上哪裡再去找這個……陰間使者？而且，最難令人明白的，是他當年為甚麼要這樣做！」

祖天開瞪大了眼：「我想了六十年，和王朝一起琢磨，沒有結果，自己一個人想，也想不出。我們也想再見陰差，因為那許願寶鏡還有許多神妙的功用，陰差向王朝提起過，可是用法卻沒有傳下來。」

衛斯理猛地想起：「那寶鏡，不是要送回陰間去的嗎？怎麼一直留在人間？」

祖天開嘆了一聲：「那是我們兩人共同的主意——得了那寶鏡不久，就是王朝他使用寶鏡的時間，由我守護着，讓他去發揮寶鏡的功用——他在使用了寶鏡後，興奮之至，説那真是寶物，就不肯把它送回去。那時，他已有了娶妻生子的念頭，不過沒有對我說出來，我也說好，至多陰差再來向我們討取。這是留下寶鏡的另一個原因，可以引陰差出來，誰知陰差再也沒有出現過！」

衞斯理和白素齊齊吁了一口氣：這一段落的故事，到此為止了。陰差當然沒有再到陰間去，所以若干年之後，陰間才又派了另一個使者，大美人李宣宣到人世來，尋找那面許願寶鏡，在發生了許多事之後，如願以償是回到了陰間，而且曾帶了衞斯理和白素到陰間去「參觀」了一下，使兩人得睹奇景。

至於當年在曹家巨宅之中，唯一的倖存者，如何生存下來，並且成家立室，生下了曹銀雪、曹金福姐弟，那是另外一個故事了——這個故事是如何發展的不知道，但是一開始，必然驚心動魄之極，試想一想，一個七歲的孩子，不論他天資多聰穎，猝然之間，發現一家大小，上上下下，盡皆死去，只剩下他孑身一個人，這種打擊，不知是如何承受下來的！

所以，曹金福曾轉述他父親的話，說自己其實是早已死了的。孩子當年是在甚麼樣的情形下倖存下來的，向曹金福追問，一定可以問出究竟來。

那麼，剩下來的問題就不多，最主要的一個是：陰差何以要如此做，目的何在？

這個問題，衞斯理和白素，都沒有頭緒。

衞斯理道：「陰差如果死了，自然永遠無人知悉，但他從陰間來，或許有長壽之法？」

白素點頭：「就算他還在生，天下之大，人海茫茫，如何去找他？」

衞斯理吸了一口氣：「也不是全沒有線索的！」

祖天開一聽這話，先跳了起來：「你有辦法？你能找到他？」

衛斯理作了一個手勢：「事情要進行起來，當然很困難，不下於大海撈針——但既然知道針必然在海中，理論上來說，是總可以撈得起來的！」

祖天開苦笑，衛斯理先道：「有一個神通廣大的朋友，托人帶了一隻盒子給我，說那盒子，是從陰間來的。」

祖天開雙眼睜得老圓，衛斯理把在「愛酒人協會」酒會中發生的事，說了一遍。

祖天開聽得大是駭然：「那盒子，就是……用來放『陰風環』的？」

「陰風環」自然是祖天開的杜撰名詞，但為了方便，也不妨先這樣稱呼。

衛斯理道：「相信是，那……環必然也是陰差從陰間帶出來的寶物，和許願寶鏡一樣，本來是屬於陰間的東西，所以才有不可思議的力量。」

祖天開張大了口：「盒子在，那環呢？」

衛斯理搔頭：「不知道——那盒子既曾是陰差所有，又曾落在亞洲之鷹手中，從這條線索追下去，有希望追出陰差的下落來。」

白素道：「這鐵盒才一露面，便叫人盜了去，盜盒人手法高明之極，循那條線追下去，也有可能會有所發現！」

祖天開雖然老了，可是並不糊塗，他聽了衛斯理和白素的話，不禁呆了半晌。因為那所謂「線索」，全是虛無飄渺的事，距離可以找出陰差的下落，還差了十萬八千里！

衛斯理看出了他的心意，朗聲道：「別氣餒，在我的經歷之中，有許多事，比這更沒有頭緒的，到頭來也水落石出了！」

祖天開雙手合什，作向上天求助狀，他喝乾了一杯酒，重重放下酒杯，大聲道：「曹大哥的孫子呢？請他來，我任由他處置！」

衛斯理估計，這上下，陳長青早已把有關祖天開和李宣宣，以及許願寶鏡故事，全都詳細告訴了曹金福，兩人可能都在他家中等他的音訊。

所以，他撥了自己家中的電話，果然，電話才通，就聽得陳長青叫：

「天，你上哪裡去了？」

衞斯理沉聲道：「曹金福——」

陳長青嚷叫：「在我身邊，比我更心急！」

衞斯理道：「我和白素，在王大同的大宅——」

他才講到這裡，只聽陳長青叫了一聲：「我們立刻就來，半秒鐘也不遲！」

陳長青叫着，已掛上了電話，衞斯理連「喂」了幾聲，再無聲響。

衞斯理本來，想在電話中，先對曹金福説明白，見了祖天開，不能衝動，並且要告訴他，不論以甚麼理由令他人致死，都是犯罪行為。

可是陳長青必然拉了曹金福趕到這裡來了，只好等人到了再説。合他和白素之力，要阻止曹金福的行動，看來還不致於不成功。

衞斯理把這意思對白素説了，白素嘆了一聲，望向祖天開，祖天開已經一副豁了出去的樣子，只是大口喝酒，悠然道：「剛才我所説的，要是有一字虛言，叫我死了之後，在陰司入拔舌地獄。」

白素語意誠懇：「祖老，沒有人不信你，不過在過去的經歷中，王朝利用了你的感情！」

祖天開答得叫人啼笑皆非：「那是我心甘情願的，或許是前世冤孽！」

衞斯理道：「你且避一避，待我去迎曹金福進來！」

祖天開搖頭：「不，大丈夫光明正大，我死都不怕，怎會怕見人，咱們一起迎出去！」

他説着，一口喝乾了杯中的酒，昂首濶步，向外走去。他雖然已極老，可是這一挺身，卻也英氣逼人。衞斯理和白素，未曾見過當年他在法場之上，掙斷了五花大綁的麻繩，奪走了劊子手的大刀，在雷電交加之中昂然離去的情景。但根據現在的情形來推測，當時的情景之壯觀懾人，也可想而知。

他一面向外走，一面伸手，在經過的牆上，按下了幾個掣鈕——那是打開好幾道鐵門的控制鈕。他明知懷着血海深仇的曹金福就要尋仇來了，說不防備，真的毫不防備，跟在他身後的衞斯理和白素，互望了一眼，各自點了點頭，心中所想的一致——曹金福若是一發動，他們兩人，說甚麼也要擋在祖天開的身前，先把當年發生的事，告訴了曹金福再說！

祖天開的步幅大，不一會，就到了大門口，只見一輛車子，疾駛而來，在離大門口還有十來公尺處，急剎車停住，發出刺耳的聲響。車子還沒有停定，左、右車門，已一起打開，曹金福龐大的身軀，首先竄出來——他彎身竄出車子，陡然一挺，已巍然而立。

祖天開一見，身子陡然震動，喃喃地道：「報應！報應！真像！真像，活像是——」

他這一句話，自然說的是「真像當年的曹大哥」，可是一句話沒有說完，曹金福已經有了行動。

曹金福出了車子之後，大約向祖天開看了兩三秒鐘，就雙手向上高舉，發出一下驚天動地的呼叫聲，勢如駿馬奔騰，獵豹撲躍，蒼鷹下擊。衞斯理和白素，只覺得眼前一花，一條高大之極之人影，已到了眼前！

兩人心中同時一凜，心想事情要糟，只怕來不過出手阻擋曹金福的攻擊！

可是，接下來立刻所發生的事，卻令得他們二人目定口呆，祖天開也呆若木鷄，因為實在太意外了——隨你怎麼想，都想不到！

（各位看故事的仁人君子，看到這裡，不妨掩卷略想一想，看是不是能想得出曹金福的動作來？）

曹金福撲向前來時，帶起了一股勁風，可是他一到了近前，立時在祖天開的面前，雙膝跪倒，雙手先舉向上，再伸向前，雙手按地，向祖天開叩起頭來——那不是普通的叩頭，而是最最崇敬的「五體投地」！

他不但叩頭，而且朗聲道：「恩公在上，受晚輩曹金福一拜，再拜，三拜！」

不但他的語音之中，充滿了感激之情，而且，真摯得誰也不會懷疑他的誠意，他叩的頭，也極其響亮，額上立時紅腫了起來。

衛斯理、白素和祖天開，怎麼想得到，會有這樣的場面出現？

衛斯理立時抬頭向陳長青看去，陳長青笑嘻嘻地向衛斯理作了一個鬼臉，顯而易見，眼前這樣的事，早在他的意料之中！

曹金福叩了三個頭之後，祖天開才緩過氣來，連聲道：「起來！起來！我當年……當年，這是怎麼啦？」

曹金福卻不起來，又「咚咚咚」叩了三個頭，道：「這三個頭是代先父叩謝的，先父臨終囑咐，見了大恩人祖老爺子，一定要代他謝恩！」

祖天開俯身，扶起了曹金福，呆呆地望了他半晌，忽然老淚縱橫：「這從哪兒說起，當年我……我……害得曹大哥一家——」

他說到這裡，僥是他一生闖蕩江湖，臨老準備接受當年行事的果報，這時也抽噎得說不出話來——事情實在太出人意表了！

曹金福吸了一口氣：「先父一直在對我們姐弟說，當年他只有七歲，和母親正在內室，聽得外面喧嘩，叫着父親死了——」

他一面說，祖天開一面點頭，那情形，和祖天開剛才對衛斯理和白素說的一樣。

曹金福又道：「那時，先祖母正在告訴先父，有一個人自稱從陰間來，詭異莫名，不知會有甚麼禍害，說着，外面突然甚麼聲音也沒有了。但隔不一會，又有人聲自各方面傳來，但立即又寂靜無聲。房門這時，突然被一個半禿的矮胖子撞了開來！」

祖天開失聲道：「陰差！」

曹金福咬牙切齒：「那……兇徒撞門進來，見了先祖母就向外扯，先祖母一面掙扎，一面把先父一推，推到了屋角。據先父說，那兇徒目射兇光，已望到了先父，就在那時，先祖母被扯出門去，祖老爺子也到了！」

祖天開閉上了眼睛，心中暗叫了一聲慚愧。

曹金福說得流利，那自然是自小就聽他父親説起經過的緣故。

他續道：「祖老爺一到……那兇徒對先祖母顯然不懷好意，祖老爺子一到，不但成全了先祖母的名節，而且也保住了先父的性命！先父劫後餘生，對祖老爺子的大恩大德，沒有一日不提起！」

祖天開、白素和衞斯理互望了一眼，他們都心知當時，祖天開根本沒有留意瑟縮在屋角的一個七歲小孩子！但是對這個小孩子來説，祖天開突然出現，使行兇的陰差退走，當然是大恩大德了！

衞斯理和白素本來還擔心曹金福非報仇不可，事情難以處理，絕想不到會有這樣的發展，那自然再好不過了！

陳長青哈哈大笑：「我向他講陰間來人的事，一提到祖老的名字，他就直跳了起來！趕着要來叩頭！是我硬要他把經過聽完的！」

曹金福神情興奮，大聲道：「大丈夫快意恩仇！恩人已經找到了，仇人只怕也躲不久！」

他此言一出，人人面面相覷——仇人是陰差，上哪兒找他去？

還記得這個故事的序中，説書名耍了一點小花樣嗎？是的，故事告一段落，自然人人明白，小花樣，書名意思是：一個來自陰間的陰差，在陽世犯了錯事——所以，曹金福能否報血海深仇等等，是不在這個故事之內的。

（完）

勤十緣出版社書目

衛斯理科幻系列

1 電王（三版）
2 黃金故事（二版）
3 從陰間來（八版）
4 到陰間去（八版）
5 遊戲（三版）
6 陰差陽錯（八版）
*7 生死鎖
*8 通神

倪匡科幻系列

1 消失女神（五版）
2 離魂奇遇（六版）
3 困獸（二版）
4 夜光（二版）
5 神話世界（四版）
6 妖偶（二版）
7 四條金龍（二版）
8 飛焰（四版）
*9 魔像

奇幻系列

1 轉世 余過著（三版）
2 隔世冤 寬齋著（三版）
3 殘酷蜜月 余過著（四版）
4 陰陽證 寬齋著（四版）
5 重返前生 余過著（二版）
6 鬼惑 商魂布著（二版）
*7 公主墳 史國良著

* 即將出版

奇案系列

1 撕票 林 蔭著（一版）

2 千里追兇 捍衞者著（一版）

推理小說系列

1 重 殺 施 雨著（一版）

寫真小說系列

1 還似無情 張寶兒著（二版）

2 嫁後 張寶兒著（二版）

3 撲蝶 張寶兒著（一版）

*4 回首已三生 張寶兒著

多情系列

1 三生石 孔 昭著（一版）

2 今夜沒有約 嚴 沁 梁鳳儀 等著（二版）

3 絕對討厭的女孩 羅穎思著（一版）

4 鬼城 賈平凹 梁鳳儀 等著（二版）

5 女兒經 程乃珊著（一版）

6 雲水依依 夏小詩著（一版）

7 道是無情 汪曾祺 羅芙榮等著（一版） 梁鳳儀

嚴沁浪漫小說系列

1 夏之迷惑（二版）

2 無情谷（二版）

3 也是重逢（二版）

4 盈雪（二版）

* 即將出版

實用系列

1 兩餸一湯(一) 李曾鵬展著(二版)
2 居室風水 芳草軒著(二版)
3 風水新講場 宋韶光著(七版)
4 兩餸一湯(二) 李曾鵬展著(三版)
5 家庭實用療方 李南著(二版)
6 家事錦囊 李陳雅賢著(二版)
7 職業婦女三餐樂 蔡麗容著(二版)
8 斗換星移說命運 戴添祥著(二版)
9 法律八寶飯 毛錫强著(二版)
10 猴年運程 蔡興華著(二版)
11 生意經 李寶光著(二版)
12 名厨巧手菜 陳東著(二版)
13 靈測玄機 阿樂著(三版)
14 兩餸一湯(三) 李曾鵬展著(二版)
*15 吃雞百變法 蔡麗容著
*16 滋補粥品 戴麗嫦著
*17 風水百答 宋韶光著

散文系列

1 不甘寂寞 邵國華著(二版)
2 八方羣英 岑逸飛著(一版)
3 廣告高興坊 潘啟迪著(一版)
4 過眼雲烟 林洵著(一版)
5 兩談食性 王亭之 姚香雄著(一版)
6 倪震的心 倪震著(一版)

經濟日報叢書

1 高官厚錄 陳毓祥等訪問錄(二版)
2 力爭上游 姜趙玉蓮著(一版)
*3 人生網絡 麥華章著

*即將出版

智慧系列

1 墨趣 謝宏中著（一版）
2 箴言精選（增訂版） 何文滙著（一版）
*3 王子復仇記 何文滙著

梁鳳儀散文系列

1 財來自有方（五版）
2 誰可叮嚀（三版）
3 再戰江湖（三版）
4 不記當年（三版）
5 心想事成（三版）
6 勝者爲王（三版）

梁鳳儀財經小說系列

1 醉紅塵（十二版）
2 九重恩怨（十二版）
3 花魁劫（九版）
4 信是有緣（十一版）
5 鎖清秋（八版）
6 惆悵還依舊（八版）
7 飛越滄桑（八版）
8 異邦紅葉夢（五版）
9 笑春風（五版）
10 昨夜長風（八版）
11 誓不言悔（五版）
12 激情三百日（五版）
13 花幟（八版）
*14 强人涙
*15 今晨無涙
*16 灑藍天
*17 有鳳來儀
*18 當時已惘然

* 即將出版

親愛的讀者們：

希望你們會喜歡勤＋緣出版社的書籍。我們努力從事出版事業，若要有理想成績，必須獲得你們的支持、指導和勉勵！

尊重讀者的意見是我們工作的宗旨，因爲沒有你們的關懷，我們不可能進步。懇請你們把以下的表格填寫，剪寄：香港德輔道中61號華人銀行大厦1108室，勤＋緣出版社收。

我們也會定期跟讀者保持聯絡，向你們報導有關本港暢銷書的出版情況、勤＋緣出版社的新書以及聯同屈臣氏書店或香港各大書店擧辦的讀者活動。敬祝

身心愉快！

梁鳳儀

一九九一年一月一日

敬請讀者填寫以下表格

逕寄：香港德輔道中61號華人銀行大厦1108室勤＋緣出版社收

姓名：______________________________

性別：______________ 年齡：______________

地址：______________________________

____

電話：（公司）______________________

（住宅）______________________

傳眞號碼：__________________________

意見：______________________________

____

勤＋緣出版社